"我起身，迈出一大步，因为我急于去生活。"

湖 岸
Hu'an *publications*®

湖岸®
Hu'an

Éric Fottorino

[法]
埃里克·福托里诺 著

陈雪杰 译

4-04

BAISERS DE CINÉMA

seat
67 | B

爱、
毁灭、
新浪潮

GUANGXI NORMAL UNIVERSITY PRESS
广西师范大学出版社
·桂林·

爱、毁灭、新浪潮
AI HUIMIE XINLANGCHAO

策　　划：湖　岸
责任编辑：叶　子
装帧设计：陆宣其

ÉRIC FOTTORINO
Baisers De Cinéma
© Éditions Gallimard, 2007
简体中文著作权©2021清妍景和×湖岸®
ALL RIGHTS RESERVED
著作权合同登记号桂图登字：20-2021-145号

图书在版编目（CIP）数据

爱、毁灭、新浪潮 ／（法）埃里克·福托里诺著；
陈雪杰译 . —— 桂林：广西师范大学出版社，2021.4
　ISBN 978-7-5598-3701-1

　Ⅰ. ①爱… Ⅱ. ①埃… ②陈… Ⅲ. ①长篇小说－法
国－现代 Ⅳ. ① I565.45

中国版本图书馆 CIP 数据核字（2021）第 059295 号

广西师范大学出版社出版发行
（ 广西桂林市五里店路9号　邮政编码：541004 ）
　网址：http://www.bbtpress.com
出版人：黄轩庄
全国新华书店经销
北京华联印刷有限公司印刷
（ 北京经济技术开发区东环北路3号　邮政编码：100176 ）
开本：880 mm × 1230 mm　　1/32
印张：11　插页：1　字数：98千
2021年4月第1版　　2021年4月第1次印刷
定价：49.00元

如发现印装质量问题，影响阅读，请与出版社发行部门联系调换。

献给亚历山大——祖祖

目录

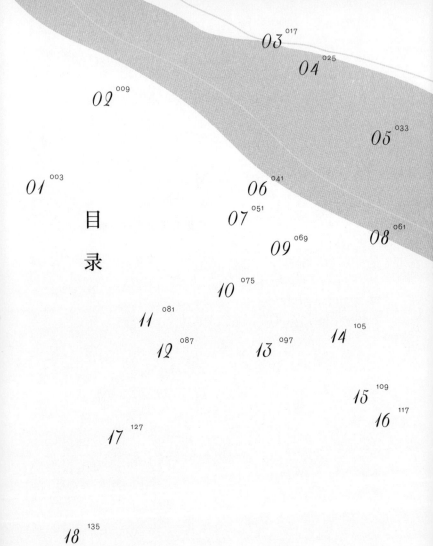

隐藏在我生命中的意义，将会是逃避现在的父亲，
和永无止境地寻找消失的母亲。

——奥里维埃·亚当 《悬崖》

Le sens caché de ma vie aura été de fuir
un père présent et de chercher sans fin une
mère disparue.

Olivier Adam
Falaises

这个故事发生在二十世纪。

那个时候，人们若想在路上打电话，就需要几法郎硬币或者一张电话亭的插卡。人们也可以选择去咖啡馆要一个打电话用的代币。也是在那个年代，人们只能通过邮局收到信件——还要在邮递员高兴并且天气也不算太差的情况下。

01

Chapitre un

我的父亲曾经是剧照摄影师。六十年代，人们可以在布洛涅的一些工作室里遇见他，他和一群年轻人合作，而这些年轻人以追求梦想为生。他们之中有内斯特·卡普洛斯、让－路易·于歇、埃里克·德·马克斯、米西尔，当然还有加比·诺埃尔，只有关注电影片头字幕的人才会知晓他们的名字。于是镜头成了知晓一切的主宰，它录入演员的一切行为，我父亲则悄悄按下快门，以便能够定格演员们最佳表现的瞬间。最佳镜头出现在《电影世界》周刊上，大部分照片之后会被贴在大雷克斯或阿特里姆影院的墙上，用玻璃罩着，以防偶尔会有在马路上东游西逛的人把照片偷走。我想我的父亲眼光独特，他能够捕捉到演员的虚弱，他们缄默的愤怒，以及拍摄插曲在一张完美无瑕的脸上引起的细微波澜。可以说他能够预感到女演员们松懈的时刻，感知到她们害怕自己达不到电影和导演的标准，或仅仅是担心无法满足自己对自身形象的要求。

我父亲的公寓在被烧掉之前曾装满了这些瞬时的魔力。玛蒂妮·卡洛的一个哈欠、弗朗索瓦·朵列忧郁的眼神、德菲因·塞里格在尖叫着喊出"主使者"前唇边的极度慌乱。据我所知，这些照片都没有被发表过，它们就像古代法老的装饰品或法衣圣器储藏室里的襟带一样神秘。我父亲自己留着这些照片，我曾很想相信他是为了我而留下这些照片的，特别是那些女演员的照片，为了让我有选择的余地。

我对自己的出身一无所知。我出生在巴黎，不知道母亲是谁，我父亲是给女明星拍照的摄影师。父亲临终前向我吐露了一个秘密，我的出生源于一个电影之吻。

关于父亲的职业，他并没有透露多少细节。他在薄薄的记事本中快速地涂涂写写，而不构成任何

Chapitre un

连贯的表达，还把一些拍摄时记过的笔记草率地丢掉。他的生活，就是光。他只想着光，在夜里梦见光。他会在早晨起床的时候开口便说："我已经想象出一种天然的灰色，用它来表现海上的布景会很合适。"然后他一言不发地拥抱我，而我一整天都沉浸于他在梦中雕刻的灰色的秘密中。

02

Chapitre deux

父亲的栖身之所是一套面积较大的单间公寓，里面有翘角的木地板和裸露的白墙，一根中间有裂口的大梁直贯天花板。一扇门通往极其狭小的厨房，另一扇门通往盥洗室。透过窗户可以看到塞纳河和巴黎圣母院的拱架。沙发床上方挂着十字架，上面是悲伤的耶稣——父亲是这么称呼他的。在两次住院期间，父亲在那里度过了人生中最后的几个月。"我回到了自己的窝里。"他在电话中这样对我说。那会儿他什么都没和医生说就回到了圣路易岛的家。

　　父亲不让我去维勒瑞夫看望他。这或许是他故作姿态，我遵从了他的想法。为了拍摄这些女演员，让她们的形象绽放出光彩，把他口中的别扭的面孔处理得漂亮，他肯定认为要展现出自己的优势来。在开始接受放射治疗的前一天，他去了雅顾影楼，那里有很多他的朋友。他让别人为他拍了一张肖像，这是一张十分完美的黑白肖像，里面的他被笼罩在温柔的光线中。即便站在镜头后面的是他自己，也未必会拍得更好。有一天我在他的办公桌上看到了他的这张照片。"治疗会毁了我。这算是最后一次捕捉到毫发未损的野兽吧。"他对我说出这样的话，就好像是在道歉。我曾避免去触碰这张照片，在很长一段时间里，这张照片和女演员们的照片放在一起，似乎这些女演员是我父亲创造的。

他去世后不久的一天晚上，我去了他在比代路上的家里，而后我站在窗前，想看看当死神允许他离开的时候，他看到了什么。夜幕中的奥尔良河堤上挤满了日本人和微醺的美国人，还有一些金发的斯堪的纳维亚人，这几家人从北欧来到春日的巴黎。晚些时候又来了一些人，其中有些仿佛梅尔维尔电影里完美的剪影，还有一些形单影只的人，偶尔还能看见几个小宝宝。几只游船搅动起塞纳河里的水，船上的卤素灯强烈的辉光投射在两旁建筑物的外墙上。我听到讲解机中各国语言零星的只言片语，"您的左边是圣路易岛"，"在左边（a sinistra，意大利语）……"。

父亲和我，我们彼此互不理解。我没有在我们俩的沟通上付出过太多努力。16岁那年夏天，我在拉丁区的电影院找到一份季度性的临时工，工作内容是在十余张老照片上把玛丽莲的嘴唇涂成嫩红色。为了宣传学院路的小放映厅重新上映《热情如火》，经理想要把这些照片张贴在全区，一直贴到香榭丽舍大街。当我告诉父亲我整天都在忙些什么的时候，我再次看到他痛心的表情。我还以为我做了他的老本行会让他感到开心，他会在生活舞台的幕后秘密地传授自己的知识和诀窍，若无其事地把在生活中学到的东西传授给我。然而黑白宗匠让·赫克特的儿子，在刺耳的声音中给玛丽莲的嘴唇重新涂色以获取报酬……我没有想过自己的所作所为对他挑衅到了什么程度。我这会儿必须要去他家，为了在他沉默的作品中痛苦地觉醒。

这天晚上，我坐在办公桌前翻看着在混乱的

时间里沉睡的一张张面孔，她们是大银幕中永远年轻的小姐：让娜·莫罗、艾曼纽·丽娃、弗朗索瓦·阿努尔、克莱尔·莫里耶、安娜·卡里娜、布丽吉特·佛西、克劳迪·贾德、桑德拉·米洛。还有长着雀斑的女演员：玛莲妮·乔伯特、米蕾叶·达尔克、玛尔特·克勒尔，以及被父亲称为"暹罗"的达尼·卡雷尔。弗朗索瓦·朵列的几张照片被橡皮筋束起来，左下角用铅笔写着"覆盆子"。还有一些面孔让我什么也想不起来，例如哈蒂·波丽托弗，在她的相片的背面，她的名字和埃里克·侯麦的名字写在一起。是因为她的外形像男孩，表情带着微微的孩子气吗？我跟她有一点相似之处，仅仅是有一点，这对于找出我的母亲来说还不够。而且我的相貌是如此平凡，以至于我可以和任何人都有一点相似之处。

父亲的言语在我耳边响起。我曾听他提起过在年龄上弄虚作假的女人们。要用足够强的滤镜，来减轻照在枯萎皮肤上的自然光线，这让他很是伤脑筋。在他那个时代，女演员们还不知道整容手术，他必须使用采光洞的照明技术造就奇迹：柔化、磨光，以及用忽略的方式撒谎。

有一天晚上，他认为已经吸引到了我的注意力，便把能够使电影中的女人变美的秘密吐露给我。他以一个女明星为例，没有说她的名字，她的前发际线很低，嘴唇和下巴显得过分肥厚。但是有一次，她的眉毛被画成了一根简洁的线条，于是她的轮廓就重新找到了一种完美的平衡。"两毫米就够了，"他大声地说，"你想想看，仅仅是两毫米！"有些女演员也会拔掉一两颗臼齿，然后她们的脸颊会显露出轻微的凹陷，这会把光线困住。我父亲说，一张脸无法承受从天而降的光。正午的光线会让眼睛处在阴影之中，这使得眼眶变得深邃。他提到了居住在热带、要结婚的女孩子们，她们只有在晚上才会出门，因为在这个时候，较为柔和的光线会修正她们脸上不完美的地方。有时候，他会在夜总会或微弱的灯光下吸引女人，但是他会把自己的判断保留到花居屿餐厅的约会上，那也是在他生前我最后见到他的地方。父亲坐在里面的桌旁，离大玻璃窗很近。在正午的太阳下，人们相互交谈的面孔毫无遮挡。大部分时间，他在夜晚的战利品在圣路易岛上完美的阳光下都会原形毕露。这就是他只喜欢年轻女子陪伴的原因，也是他经常换女人的原因。在人生的最后一年里，他孤身一人，被穿越时光的照片所包围，这些带有欺骗性的照片与雅顾影楼为他拍的肖像放在一起，照片里的他就是一个老男孩。

Chapitre deux

03

Chapitre trois

我习惯搬家，习惯公寓最终变为纸箱，习惯在仓促中清空卧室。当我还是个孩子的时候，我就四处辗转于滨海的寄宿学校，那些学校专为有钱人家的小孩开设，它们在鲁瓦扬、拉罗谢尔、莱萨布勒多洛讷。我的父亲没有任何亲情的牵绊，他没有家人，没有年老的姑母，没有讨厌的表兄弟能够分享恼人的回忆。他在无人见证的情况下设法谋生，他的生活如同一场完美的犯罪。

　　我从未想过有一天我将不得不接手他毕生热爱的这些照片，他曾让我远离一切，第一件大事就是让我绕开自己的出身。我被不同的人照看过，没有提起过我的身世。在残羹冷炙中，我学会了最低限度地生活。而他曾在林荫大道装点橱窗，在巴黎郊区的马戏团里做看管笼子的伙计。一天晚上我们沿着巴黎植物园的栅栏散步，突然他停在了人行道上，很用力地握住我的手，那时我大概九岁或者十岁。他嗅了嗅空气然后半闭着眼睛叫出了声："闻起来是狮子的味道！"他声称认识一头名叫马塞尔的狮子，这只狮子与一对鸵鸟和一只猫头鹰住在一起。他曾经喂养过狮子，那时候，马塞尔这只年幼的猛兽还在跳火圈。我不知道这是不是一个虚构故事，父亲讲它只是为了让我产生无尽的遐想。那天晚上已经太晚了，植物园要关门了，我们无法进去。但是每当我在电影院或在电视里听到米高梅公司那头狮子的吼叫时，我想起的都是我的父亲。

过了一些年，让·赫克特已经放弃剧照摄影而成了首席灯光师，尽管他还会拿出他的徕卡相机，记录下那些给自己带来触动的面容。"你们不能要求我用喜剧的调子来点燃悲剧，灯光必须要合适。"他对自己的导演朋友们说。他愿意表现出一副灯光大师的样子，后来，他周围的人都直接称他为"大师"。我常常在想他所指的"合适的灯光"是什么。

当他收入颇丰的时候，他的奢侈行为就是配备一名司机。他把约会安排在罗孚汽车后排。应邀者刚上车，他就命令司机开车。巴黎无穷无尽的景致掠过他的双眼：奥斯曼建筑屋顶上的雨滴；大型商场的霓虹灯招牌；艺术桥前，耀眼的阳光反射在塞纳河上。每个街区都会在他身上唤醒一段拍摄的回忆：安装反光镜并精心地寻找功能最强大的反射镜以便拍摄夜里的场景。夜晚在他的生命中占据了很大的一部分，因为他醉心于夜晚的照明技术。他声称在电影中，夜晚是不存在的，观众必须带着猫的敏锐度观看画面。然而我父亲对法国电影里常见的蓝色夜晚感到憎恶，他说导演们缺乏想象力。他曾创造出一种钠光，让黑暗浸泡在橙色的显影液中。这就是他所看到的夜晚。明亮与血色。

我小时候待过许多所寄宿学校，他会把我从寄宿学校中硬拖出来，和他度过一个属于男人之间的周末。我们一起睡在陌生的酒店里，房间里所有的灯都亮着，他多年来都保持着对黑暗的恐惧。在这种光芒四射的环境中，我很难入睡。最后父亲给了我一副棉质的眼罩，这副眼罩是在长途飞机上连带着洗漱套装一起发给旅客的。这么多年以来，我一直保存着西班牙国家航空公司发的这副蓝色眼罩。

如果他看到一只狗在街上东游西荡，他会要求司机立即停下车。司机这个好好先生就会立即停车而不表现出一丁点儿的脾气，他已经习惯了这位乘客的心血来潮。然后我的父亲追着狗就消失了，这起源于他孩提时期的一种顽念：想知道路过的狗去哪里。他能够花几个小时不知疲倦地去追狗，把自己的责任和整个世界抛在脑后。他时常讲起在拍摄《我的舅舅》时，他与雅克·塔蒂认识的过程。电影剧本要求出现一只看起来很悲伤的狗，我的父亲跑遍巴黎去寻找这样的一只动物。他向广场上玩耍的孩子们打听是否认识一只悲伤的狗，每次他们都会伸出小手指向一只杂种狗、一只捕鼠狗或者一只流浪的格林芬犬。

当我回忆起我们最后一次见面，我能想起发动机的轰鸣声，就好像是我们一起坐在一部摄像机的肚子里面。汽车缓缓地行驶，我的父亲不停地在说话，完全没有办法打断他。他是想用字句把死神灌得头昏脑涨，用这种方式让死神掉进陷阱里面吗？我回想起夏日清晨在河边的一次闲逛，清新的空气进入车内，他大口大口地吸入空气以便能更好地讲出不确定有多长的句子。父亲不允许自己把同一个故事讲两遍，对于他来说这是一个关乎礼貌的问题：不要对别人谈起一个已经讲过的故事。他会根据汽车后座的宾客重新对现实添油加醋，他把撒谎视为一种至高无上的艺术、一种感到轻松的方式、一种活得再久一点的方式、一种自我拯救的方式。

04

Chapitre quatre

现在，我独自一人，奇怪的是，这竟然使我感到幸福。我的生命中充满着缺席，一直缺席的母亲和从今往后也将会一直缺席的父亲，还有麦莉丝。此刻我想念我的父亲，他已经去世快有两年了——然而我应该说去世吗？——而这个时候我还在嗅着麦莉丝留在我手指尖上的芬芳。

我坐在花居屿餐厅，坐在我父亲过去常坐的地方。这是一个早晨，我点了一杯咖啡和一杯柚子果汁，周围的人焦躁激动，而我悠然自得。我相信自己注定要逆向地经历生活中一些事情，像电影里的汽车轮子一样，它们给人一种朝着反方向旋转的感觉。我的父亲曾许诺会给我解释这种视觉效果上的错觉，他忘记了。我长大了，他没有对我做出任何解释就去世了，没有关于我母亲的解释，没有关于任何人的解释，也没有关于电影里那些漂亮汽车的解释。

　　休庭假期结束。很快我将重新踏上通往法院的路、闻到法庭的气味，当我走近律师席时，当法官把我的名字印在审判庭里饱和的空气中时："赫克特律师，该您说了！"我将听到检察官在动摇，我为处于这场戏剧的中心而感到惬意。我会使陪审团屏息聆听，我会让我的声音抑扬顿挫，我会像舞蛇的魔术师或布鲁斯歌手一样使用沉默和演奏言语之乐曲。我在律师公会七年，在我的数十场辩护中没有一个犯人被判处无期徒刑，他们全都获得了减刑。我在很年轻的时候就找到了自己的使命：辩护。在一场辩论赛中，当我沉浸在关于欺骗——在法律上被称为"欺诈"的辩论中时，一名资深人士注意到了我。瓦勒斯贝尔律师事务所热情地向我发出邀请，特别是该律所的老板莱昂·瓦勒斯贝尔，他和我父亲的个子差不多高，年纪一样大，同样从三十几岁开始就头发花白。在诉讼期间他把长发精心地梳向后面，好像狮子马塞尔的鬃鬃。

我很难想清为什么他们把我招到律师公会。我的衣服非黑即白，我使让·赫克特所酷爱的事物具体化，虽然让·赫克特在极少的情况下才真正像我的父亲，但是我对承认他是我父亲这样明显的事实感到不满。我挣扎、辩论，像魔术师一样让鸟儿在自己的双手间闪现。我喜欢司法，正是因为它是全黑和全白的对立面。刑事法庭也是摄影师的镜头最不可能出现的地方。让·赫克特永远都不会偷拍我的肖像。在这里，我是吉尔·赫克特，靠近上帝与刑法典唯一的大师。人们称呼我为"赫克特律师"，对此我无疑感到非常骄傲，我是一个从未让自己的生命吸引光的人，我既不会把光吸引在自己的面孔上，也不会把光吸引到一个陌生女人的面孔上——她在某些夜晚，在年代久远的银幕上扮演着我的母亲的角色。我仅仅是在法庭的范围内才会引人注目。在庭审结束后，我想方设法从暗门快步离开。刊登着我照片的报纸杂志很少，即使是我负责辩护的引起一定反响的案件也是如此。总之我和父亲选了同样的职业，他用自己的灯光照亮面容，而我用词句阐明真相。

　　刚才我绕过他曾经生活的那条小路，还绕过了玛丽桥，那是他让我抛洒他骨灰的地方。他的单间公寓只是一个大大的黑色的洞，如同白色建筑物正面的一颗被蛀蚀的牙齿。人们为了重新粉刷建筑物而搭建起脚手架，要我说，掩盖住那里大火后的痕迹还需要几个星期。而我只要在花居屿餐厅香甜的气味里闭起眼睛就能听到我父亲的声音。有一次他忍不住提及自己的职业技巧，他向我透露说他能够用人造阳光弥补落日的光线不足。他却并不喜欢这项技术，只有在最迫不得已的情况下才会使用。他用一种严肃的神情补充说，倘若他没有设计好，阳光会变为阴影。我在顷刻间看到遥远的阳光的幻象，幻象中的阳光还在进行着比赛，还有我的母亲、我的父亲、麦莉丝。母亲的面容不为我所知，而父亲生病了。麦莉丝的家在莱克朗兰－比塞特尔，幻想中麦莉丝的一些特征已经与一个陶瓷娃娃的特征混在一起，当我们在她家客厅里的沙发上做爱的时候，这个陶瓷娃娃一直在注视着我们，

Chapitre quatre

而麦莉丝的丈夫在电话留言机里留下如同抱怨般的叹息。

当父亲把我带到花居屿餐厅的时候，我在无意间发现他和我说话时的眼神对着门口方向飘忽不定，我们之间的对话很难进行下去。他的目光把我抹除，从我身上穿越而去。一丝微笑浮现在他的唇边，这个微笑不是给我的。他向一个身影招手致意，我转过头时那个身影已经不见了，只有旋转门传递过来的带有香水味的风。有时会有一名女子过来与我们坐在一起，他简单地介绍我："我儿子。"却不告诉我当日的猎物是谁。

今天我像他一样，背对着最里面的镜子坐下，睁大双眼，密切留意着女顾客们望向让·赫克特的目光，而接收这一道道目光的人却是我，就如同在果园里偷窃一个苹果。三个学生模样的年轻人坐在邻桌，两个男孩子和一个没戴帽子的女孩子。他们点了沙拉，其中的一个男孩子从口袋里掏出一副背面反光的扑克牌。"我们要不要玩疯狂八点（huit américain）？"女孩提议。

我唯一从父亲那里继承到的就是对光的敏感。当我回想自己人生中一件事的时候，我的脑海中浮现出来的不是一张面孔也不是一种语调的声音。我的记忆是有着明暗对比的胶片。在我童年的时候，父亲有时候会向他的朋友们讲述自己如何把夜晚打造出大白天的感觉。我耳边还能听到他谈起自己所谓的"（白天在外景地拍出的）夜景"（nuit américaine）。他还喜欢用意大利语来提及"夜晚的效果"（effetto notte），为的是享受把每个音节拆开来的乐趣。当女孩发牌的时候，我想到了这几个词。我想问她这个"疯狂八点"的游戏是什么，它突然让我误以为父亲还在这里。我还想到了麦莉丝，想到她晶莹剔透的面孔，想到她轻柔的声音、她的皮肤，想到我拨开她散落在脖子上的赤褐色的一缕缕长卷发拥吻她温热的颈背。我想着她，既不带感情也没有悲伤，就好像是人们对着逝去的回忆微微地笑。

Chapitre quatre

05

Chapitre cinq

在父亲去世的那一天，我在"三卢森堡"电影院遇到了麦莉丝·德·卡尔洛。父亲去世的时候正是拂晓时分，仿佛比起罗孚汽车的轰鸣声，生前的他更喜欢清爽的天气。我没有折回医院里的太平间，而是待在自己家里，然后出门到街上漫无目的地走。接近中午的时候，我迈入位于王子殿下路的这家电影院。鉴于我是唯一的一个观众，于是售票员允许我在电影放映室堆放的那些金属扁圆盒子里挑选电影。放映的是《慕德家一夜》。我更喜欢路易·马勒的《恋人们》，为的是能对着让娜·莫罗做白日梦，然而我知道她根本不可能是我的母亲。

我在前排就座。电影开始后几分钟，我感觉背后似乎来了一个女子。我转过身，只能辨认出一个鬓发如云的苗条身影。影厅里面很昏暗，然而这张脸却闪耀着一种超自然的光芒。电影结束后，当调节器给影厅带来些许光明的时候，我突然为我父亲最后的话语感到震撼。他曾提及过没有必要照亮那些女明星，因为光辉来自她们，如同伦勃朗的绘画作品一样。我身后的女子就是这种光芒的代表。她是光的源头，也是光的终点。是我的父亲派她来让我感到神魂颠倒吗？

我们没有交谈。她沿着王子殿下路走着。我跟在她后面却没有尾随她，我在红长椅餐馆停下来。在去太平间之前，我想吃点饭填饱肚子。一名女侍者让我坐在最里面的桌子旁。在这个时候，一个声音响起来：

"吉尔·赫克特！"

我认出博雷尔，法学院的昔日同窗。他坚持让我和他坐在同一桌，很快他就提起那些无关痛痒的往事。随着时间流逝，这些往事变得重要起来，就像是标有酿造年份的葡萄酒，或从极地寄发的信件上的邮戳。往昔，我们曾一起度过美好的时光：刻苦钻研法律，讨论未来和女孩子们。后来我们渐行渐远。他告诉我说他成了中国皇家艺术的鉴定专家，我向他表示祝贺，而后我们的对话变得简短。这时，她进来了。在"三卢森堡"电影院的时候，我没有机会仔细地端详她。她穿着花苞裙和麂皮鞋、小圆领棉质衬衫。外面罩着一件对于这个季节来说过于厚重的长绒毛大衣。我示意她过来，博雷尔以为我们互相认识并为她让出自己的位置。还有一桩在德鲁奥拍卖行的买卖等着他。"一些明朝的陶土马，非常稀有。"他在离开的时候悄悄地跟我说。

这个年轻的女子点了一杯滚烫的热茶，而我点了一瓶玻璃瓶装的水，配着许多冰块。我留意到她的指尖在微微地颤抖，我们沉默了好几分钟，两个人似乎都指望着对方先开口。我们听见冰块在长颈大肚的玻璃瓶里融化的声音。最后她鼓起勇气开口了，她的声音是如此轻柔，我为了听见她的话语必须把身体探出椅子边缘。她把一只手移向自己的脖子，似乎是为了支撑自己的声音。她的嘴唇上涂着玫瑰色的口红，下唇因为一颗疱疹而显得丰盈，她一定尽力将其遮盖过了。她的妆容暗示出一场堪称灾难的准备工作，淡淡的白色痕迹还留在她的双颊和额头顶部。她的脸庞散发出一种悲伤的美丽，还有一点点迷失。她非常美丽，并且看上去很受伤的样子。那一天，我体会到的只有伤痛。

她向我承认说自己没有坐在陌生人桌旁的习惯。我问她是否经常来看中午场的电影。"不经常。"她回答说。然后她用几乎听不见的声音明确地说："我是联合国教科文组织的后备翻译，当把阿拉伯语翻译成法语的人手不够时，他们会叫我过去。现在是我休息的时间，不过今天傍晚我会继续工作。"她把自己的名字告诉了我，并仔细地强调说："麦莉丝（Mayliss），中间有一个字母 y。"然后她就沉默了。我似乎想了解得更多：为什么是阿拉伯语？她不为联合国教科文组织工作的时候是做什么的？她喜欢新浪潮电影吗？还是因为下雨，她在无意中走进了"三卢森堡"电影院？我感到她的香水味包围了我。时间过得很快，我甚至已经忘了父亲还在医院的太平间里。最后她突然站起来，我差一点就没机会把我在瓦勒斯贝尔律所的电话号码悄悄塞给她了。几分钟之后，我重新走在街上，像我父亲一样深深地呼吸着巴黎的空气。我感到自己需要走

Chapitre cinq

路。脑子里面空荡荡的，我向河畔的方向走去。麦莉丝已经消失在圣米歇尔的茫茫人海中了。我在顷刻间产生了一种对失去的恐惧。

06

Chapitre six

几天之后，我们在我的办公室里再次见面，我的办公室位于圣安德烈艺术路。她在电话亭里给我打电话，说自己经过这个街区，我差点没认出她。她没有穿花苞裙，而是穿着一件米色针织紧身连衣长裙。外面阳光灿烂，她却仍然穿着厚重的长毛绒大衣。已经快到中午了，她给人的感觉却是刚刚睡醒。白色的粉仍然在她的面庞上留下了痕迹，凸显出她的苍白。有个想法在我脑海中一闪而过，她没有血液。我发觉她的声音也是同样的苍白。她打算在哪儿吃午饭？她没有想过。

我们走在圣安德烈艺术路上。我意识到她走在我前面一点，戴着一顶布帽子，就像《开罗紫玫瑰》中的米亚·法罗一样，我寻思着她是否像电影里的女主角一样梦想着改变生活。我把这个想法告诉了她，她勉强一笑，然后迅速用手遮住了嘴。一名向反方向行走的女子不小心撞到了她，她告诉我自己近视比较严重，看人总是朦胧不清的。

我们走到西蒙娜·托马斯书店附近。她的表情忽然生动起来，在沿路摆放的支架上的格子里翻找，然后她走进了书店，似乎把我忘了。

书架一直顶到天花板，人们可以踩着陡峭的梯凳够到上面。在细心摆放整齐的一排排书面前，麦莉丝脸上严肃的表情褪去了。刚刚在我提到她的神情有些像米亚·法罗的时候，我忽然发现她眼中闪烁着焦虑不安，而现在她的目光里不再有那种焦虑。当她觅得一本亨利克·易卜生的诗歌全集时，我感受到了她的喜悦之情。她下唇边的疱疹已经痊愈了，然而她的下唇还是显得有些饱满。她还略带懊恼地发现有一本精装的书被放在架子上非常高的地方，我正要去够的时候，她已经紧紧地抓住了梯凳，并在小小的欢呼声中推了过来。在粗线长裙下面，她的脚踝若隐若现。

Chapitre six

我扶着她走下梯凳，她的指尖冰凉，她没有血液的想法再一次闪过我的脑海。她的手里拿着一本封面带有碎纹的《萨朗波》，走到收银台，从大衣口袋里拿出自己的支票簿，用紫罗兰色的墨水书写起来。麦莉丝自称德·卡尔洛女士，但是我认为她签了另一个姓氏，因为我以前不知道有些结了婚的女子会坚持签下自己结婚前的姓氏。她住在莱克朗兰－比塞特尔，我应该猜到是第 17 区或者是安静的奥特尔街区。外面的马路上，人潮汹涌。我问麦莉丝会不会经常来这里。

　　"是的，这些旧书庇护着我。"她激动地回答说。

　　我不知道这是什么意思。

　　她带着我走到圣安德烈这条石头铺成的小路上，就在旧剧院路后面，她推开普罗可布餐厅对面的一家茶室的门，她似乎常来。我跟随着她走进去，一名上了年纪的女士帮我们把外套挂好。麦莉丝留着自己的手提包，手心里还握着卷起来的手帕。配有淡紫色和浅绿色灯罩的蘑菇灯照亮了小圆桌子，一种非常舒适的感觉围绕着桌子蔓延开来，我感到昏昏欲睡。昨晚我为了研究一个年轻罪犯的卷宗几乎没怎么睡，并且我无法不去想父亲的去世，还有他的骨灰在塞纳河上的某处随风飘逝。

"你应该吃点东西，"麦莉丝劝我说，"这里有各种沙拉和热咸派。"

我喜欢听她温柔地读着菜单，一直读到茶的那一页，我很享受听这种孩子般的声音——为了读出这些名字而把音节拆开来：小种红茶、依兰茶、柠檬茶。一般在生活中听不到这种声音，它在我简单的生命中开辟出一条模模糊糊的道路。或许在世界诞生之前这种声音就存在了，那个时候存在着的只有风拂过树林的乐曲。我意识到她对我以"你"相称。

她点了一道芝士脆皮焗茄子，我点了一个咸派，然后又要了一块巧克力蛋糕，在茶室的入口处，这块蛋糕在银色的盘子上闪耀着诱人的光泽。她手表上的指针快了三刻钟。

"这是为了防止迟到太久，"她认真地说，"我真的很难做到准时。"

看到我笑了，她补充说：

"我约会的时候总是迟到。"

Chapitre six

我们面对面坐着，灯光照在她的脸上，她非常放松，几乎可以称得上是活泼。只有这些突兀的白色的粉痕浮在脸上，是爽身粉，面霜，还是她涂了不熟悉的护肤品？她把头发染成浓重的黑色，与之前截然不同。我琢磨着这种自然的颜色。那一天，她把头发认真地梳到后面，中规中矩。

麦莉丝从她的包里拿出福楼拜的书，把它递给我。

"这是给你的。"

我一声不响地接了过来。当别人送给我礼物的时候，我从来都不知道该说些什么。我坚持让她下次路过西蒙娜·托马斯书店的时候过来看我，她的脸又冷淡了下去。她没有回答，眼白里布满了石榴石颜色的血丝。我们的对话熄灭了。

我问她是不是在自己的翻译工作上面下了很大的功夫。

"是的，特别是在夜里。白天我要忙其他的事情，要照顾我的丈夫。"

"你结婚了？"

"我结婚很久了，"她垂下眼睛说，"我们生了一个小男孩，叫阿尔宾。他已经九岁了。我还弹钢琴。"

"在夜里？"

"我们住在一个独栋的小房子里，就在莱克朗兰一栋大楼的院子里面。邻居们什么都听不到。"

"那你家里人呢？"

"他们习惯了。我放了弱音器。"

她突然站起来，说自己迟到了。这肯定是真的，因为她几乎没有动过自己的菜。我既没有她的地址也没有她的电话号码，于是她把这些写在我的通讯录上，用的是紫罗兰色的墨水。她执笔写下又细又高的字母，就像是一种源自古老文明的书法。她在离去的时候对我做了一个手势，然后她的脸上重新笼罩着上午那种苍白的神色，有一种奇特的生硬或者说是一丝恐惧的意味。我思考着我的父亲会如何在不让她面容失色的情况下捕捉到这种表情。

我独自坐在圆桌旁，预感到每次在面对麦莉丝的问题时，这种孤独感都会忠诚地陪伴在我左右——等待麦莉丝、任凭她离开、期望她再次回来，带着她细弱的声音、睁大的双眼、略显丰盈的嘴唇，更不必说她隐藏在针织紧身长裙下面的身体，当然我只是暗自揣度过而已。侍者给我端来一份表面闪耀着诱人光泽的巧克力蛋糕，而我却已经没有胃口了。我听着银制勺子与茶碟相碰的叮当声，人们在这个被时间遗忘的避风港湾里窃窃私语，在这里，麦莉丝重新找回了生活的色彩。

我不懂她寂静无声的伤口，不知道她在莱克朗兰的地址——我想象的是红场和侧面站着的冻僵了的将军们，我也不了解她的家庭，甚至不理解她孩子般笨拙的妆容。在我看来她像一片寂静的大陆，什么都无法阻止她偏航。不可能关乎爱情，但这已经不再重要了。麦莉丝呼吸着对爱的渴望与死亡，而有时候这死亡就是紧随渴望而来的。

我把放在我面前的书拿起来，书切口处的味道闻起来像麦莉丝，像麦莉丝的香水味。这个发现让我心潮起伏。下午在办公室里，我多次用一只手摩挲《萨朗波》，我希望这只手不要那么灼热，因为我担心麦莉丝留下的痕迹会就此消散。

07

Chapitre sept

接下来的日子里，我无意间发现自己透过西蒙娜·托马斯书店的玻璃窗往里面看，想着能不能看到麦莉丝站在梯凳上的身影。在这段时间里，我住在蒙帕纳斯地区的一间公寓里，这间公寓位于阿斯特罗莱布的巷子里。我被许多书和旧时生活的几段记忆所包围，还有一个女人的数张照片，这个女人在度过一段七年的幸福婚姻之后离开了我。有的婚姻不需要真正的理由就结束了，我之前的这段婚姻便是如此。

　　有些时候，一些女人在我孤独的生命中路过，她们都很匆忙，总是在转车的间隙，在两段恋情之间，两种年龄之间，有青春少女，也有韶华将逝的女子。我是她们歇脚的驿站，是追逐光芒的影子，或是走在光芒前面的影子，但我却不是光。这种境况很适合我，我可以幻想，仅仅只是幻想，幻想是给孩童的奢侈，而几乎就在他们刚刚长大的时候，这种奢侈就会被剥夺。

我每周都会推掉几个工作饭局，去王子殿下路的"三卢森堡"电影院看中午场的电影。从十一点开始，我便不再接电话，电影在十二点整开始。这一个月以来，除了《慕德家一夜》以外，电影院还会交替着放映弗朗索瓦·特吕弗的《四百击》和根据昂利－皮埃尔·罗歇的作品改编的《祖与占》。在认识麦莉丝之前，我经常看这几部电影。我曾与一位女演员约会过，但我忘了是哪一位，甚至都不确定她演不演电影。我既不知道她的名字也不认识她的脸，仅仅凭直觉认为这位女演员是我的母亲，无论她是什么样的。我在寻找她，却不确定自己是否真的想找到她。

有一天，一对年轻的夫妇坐在我面前。影厅沉浸在昏暗之中，我只能辨认出他们的声音。"你不许再想了，"男孩命令说，"你要抚育孩子，要遛狗，要招待客人。"女孩回应说："什么孩子？什么狗？"放映开始了。我嘲弄朱尔，正如我嘲笑吉姆——应该把他叫作"德吉姆"（Djim），就好像吉姆的名字前面有一个字母"d"似的。我只对凯特感兴趣。"她投入男人们的怀抱中，就像跳入水中一样。"电影旁白悄声说道。这里说的是让娜·莫罗饰演的角色，而当我认识麦莉丝以后，每次在电影里听到这句话，我看到跌入塞纳河的人都是她，让我心潮澎湃的人就是她。

我想着在西蒙娜·托马斯书店或许能买到一本罗歇的小说。一天下午，我看完电影，在回来的路上去了书店，期望着还能遇到麦莉丝。她不在那里，我也没有找到那本书。回到办公室，有一条留言在等着我。她给我打过电话了，当我拨出她的电话号码时，我的整个胸口都缩紧了。连通的是电话留言机。里面是她先生的声音。我等到开始录音的信号声响起后便挂断了电话。

莱昂·瓦勒斯贝尔让我去他的办公室。他是一个热情、高大、圆胖的男子，留着长度到颈背的白头发。在战争年代，他曾在两年里不见天日，和他的父母一起躲藏在巴提格诺莱斯的一个地下室里。他仍旧喜欢阅读当年在他逃跑的过程中抚慰他的那些书和词句，在那十几年里，他发誓要成为一名像亚历山大·仲马一样伟大的作家，因为在他们与世隔绝的日子里，他的母亲曾借着蜡烛和微光为他朗读了亚历山大·仲马的全套著作，那微光源自地下室通风窗上的缺口，用来代替窗子。最终他对司法的热爱盖过了此前的这一切，莱昂·瓦勒斯贝尔成为二十世纪六十年代巴黎律师公会里的重要人物之一，那也是我父亲的灯光事业在巴黎大放异彩的时候。有时，莱昂·瓦勒斯贝尔会用"律师公会"这个词开玩笑，他说用这个词来描述律师这种献给自由的职业是多么不合时宜。他在青年时代写下的几篇作品成功说服了他：他永远都不会成为亚历山大·仲马。在死刑被废除之前，他曾多次保住了委托人的脑袋，这使他感到宽慰。

但是他对书的热爱从未改变。莱昂与法院的同行一起创办了一家小型出版社，就坐落于格雷古瓦－德－图尔路上，在律师事务所的旁边。他受到亚历山大·仲马和昔日荣获戴维斯杯的英雄们的丰功伟绩影响，把自己的出版社命名为"火枪手"。起初，莱昂和他的合伙人侧重于发行检举损害个人自由行为的出版物，这些出版物富于斗争性。季斯卡总统离任后，他推行的制度也随之结束。而后，在"火枪手"出版作品的作者、左翼律师，甚至还有某些匿名的法官都在抨击国家安全法院，抨击对巴斯克或布列塔尼的激进分子以及一些极安全的地区使用暴力的行为。

过了一些年，特别是在1981年的社会党浪潮之后，小型出版社转向出版关于刑事诉讼程序的改革或受害者权利方面的教学用书，意图使老牌的达洛斯出版社和专业出版社出版的过于晦涩的教材焕然一新。莱昂·瓦勒斯贝尔却对此无动于衷，他在出版目录上加上了更为个人化的文章、同僚妙笔生花的旅行故事、见证或回忆录类书籍。但迫于周围人的压力，他最终还是出版了一本独到的政治小册子，写的是他心目中的所有崇高的人。他简短的作品名为"恐龙有着柔软的皮肤"。在我与索朗热刚离婚的时候，他就送了我一本。"您会发现这本书很值得看，"他谦虚地低声对我说，"但是我想您父母的故事会更加引人入胜，特别是如果您能将其写成小说的话。"我情不自禁地坦露出了心中的秘密。在索朗热对我宣布要离婚的那一天，她说厌倦了我一而再再而三的缺席、无休止的诉讼，厌倦了当她问我"我们什么时候生一个孩子？"时我的推三阻四。她离开了我，去投奔一个精力旺盛、肩膀宽阔的非裔黑人。

那一天，我跟他坦白说自己对留住女人无能为力，从我那在旧胶片里当演员的母亲讲起。我们都认为应该写一本书，然而他和我都知道我永远都不会写这本书。这种拖延在我们之间建立起一种默契，我并没有因为这份默契而故意隐藏自己的感情。可以说我或许能像爱自己的父亲一样爱他，我准备好了去爱他，或者已经接近于爱他了，我也不知道该怎么说，我不大擅长选择"爱"这个动词前面的词语。

莱昂·瓦勒斯贝尔的办公室沉浸在一种半明半暗的光线之中。一个女人坐在他对面的扶手椅上，他向我介绍说她是一名年轻男子的母亲，马德里的

Chapitre sept

报纸杂志曾在多年以前把这名男子称为"特鲁埃尔的无国籍者"。在佛朗哥大元帅临终的时候，这名男子被处死。塔拉戈纳战争委员会怀疑他参与了一场谋杀案，杀死了西班牙国民警卫队官员，因而对他判处死刑。司法机构没有证实她的儿子就是凶手，而在这段时间里，公正在西班牙是不存在的。这个女人，伊奈丝·阿罗约，用一种难以形容的口音在讲述，她的声音既嘶哑，又像是在唱歌。她已经知道自己的儿子是纳粹阵营的，后来去了苏联阵营。"在孩子被处决之前"，他的家人在加泰罗尼亚团聚。他的名字并不能让我想起什么来。当她在自己的叙述中停顿犹豫的时候，莱昂鼓励她继续说下去。他全神贯注地在一个白色的大信封背面做着笔记。我猜他是想为一名被处决的年轻男子平反昭雪。

"我没能够让他逃过绞刑刑具。"她突然说。

她描述了自己儿子脖子上套的收紧的铁颈圈，螺钉压碎了他的脊柱，他的头颅就像死去的鸟的头一样垂下来。

"看上去他没有受苦。"

莱昂停止了记录，她也沉默不语了。他们两个都转过来看着我，我的老板期待着我做出反应。而至于她，我也不知道她在期待着什么，但是她的目光是急迫的。我已经灵魂出窍了。她一直在激动地抽着烟，尽管有香烟的味道，我还是辨认出了这个面容憔悴的女人身上散发出的香水味，那是麦莉丝在《萨朗波》上留下的香水味。

"然后呢？"莱昂问。

我无话可说，任凭沉默把我们变得迟钝麻木。然后我忍不住了，最终问这位心如刀割的母亲，她用的香水叫什么名字。她目瞪口呆，一字一顿地回答说："百花乐园（Jardins de Bagatelle）。"我重复着，"百花乐园，百花乐园"，这几个字震颤着我的意识，就像是斯万（Swann）心中的凡德伊（Vinteuil）的动人旋律。

Chapitre sept

08

Chapitre huit

第二天早晨快到九点的时候，麦莉丝给我打了电话。她的声音缥缈，又很微弱，给人的感觉像是刚跑过步。

我问她是否安好。

"我感到疲惫，每天早上都是如此。"

巴黎下着倾盆大雨。这一天是星期四，"三卢森堡"电影院里放映着《祖与占》。她告诉我说自己不太喜欢特吕弗，除了《绿屋》，因为这部电影表达了对已逝爱人的忠贞。有一次，为了打发两个小时的时间，她走进了这家电影院，甚至都不知道上演的是什么电影。她已经在电视上看到过新浪潮昔日的成功，这对她来说似乎已经足够了。不过她还是接受了我的邀请，我让她在差五分钟十二点的时候等在电影院门口，她承诺会前来赴约。在挂断电话之前，我对她说我将既是朱尔，又是吉姆——发音成"德吉姆"。后来她问我为什么我想和她一起看这个电影。这完全是偶然——在一个星期二，我们会一起看《四百击》。

快到十一点半的时候，我离开了办公室。雨水潜入院子里石块铺就的地面的缝隙中。我在出门的时候遇到了莱昂·瓦勒斯贝尔。他从司法部回来，刚刚参加完一场关于欧洲刑法一体化的协调会议。我也受到了邀请，然而我更想在办公室里工作，并且可以守在电话旁边。我不想错过麦莉丝的电话，倘若她再打一次的话。最终我有了留在办公室的理由。见到我后，莱昂看上去挺高兴的。他对前一天发生的小事故并没有做出任何讽喻，大概相信我会为这件无国籍人士的案件全力以赴。

我从圣安德烈小路穿到圣日耳曼大道上，奥德翁的大钟指示着十一点四十。麦莉丝会怎么过来呢？她已经坐上了出租车吗？她会从莱克朗兰－比塞特尔搭乘地铁，然后到朱西厄站换乘吗？我走近一张地图开始数地铁站。这段路程大概需要四十分钟，如果我能确定她从奥德翁站出来，我应该在那里等她。然而我对什么都不确定，和麦莉丝在一起的时候，任何确定性都是不存在的。我大步迈向王子殿下路，雨下大了，而我却把雨伞落在了办公室。她还没有到。我一边观察着来来往往的出租车，一边买了两张票。售票员让被雨水打湿的一小群观众先步入影厅。已经十二点了，麦莉丝迟到了。我的父亲也总是迟到。

这一次我没有等太久。只等了几分钟。

"对不起。"

她穿着一件雨衣，腰部用一根织物腰带收紧。在进入昏暗的影厅之前，我看到她的双眼焦灼不安。电影开始了，她想坐在第一排。在出现外景镜头的时候，银幕的灯光照亮她的面容。我们的目光多次交织在一起。她对我笑了，我留意到她的下唇还是略显丰盈。让娜·莫罗散发着百花乐园的香水味。在电影放到最后时，麦莉丝闭上了双目。

我们又一次地站在了外面。

"你饿吗？"我问。

"不饿，我只想喝一杯茶。"

雨下得太大了，我们无法回到侯昂庭院。我把她拉到红长椅餐馆，侍者是一位棕褐色头发的矮胖女子，穿着紧身迷你裙。当她走过我们面前的时候，麦莉丝忍不住津津有味地盯着她看。

"你想要打扮成这个样子吗？"

"我可不行！"

"为什么？"

"我永远都不敢！"

我又一次地感受到了压在她身上的重担——她的针织紧身长裙的重量，逃避现有生活秩序的重量。

"你知道吗，我三十六岁了。我是一个老妇人了！"

她说"我是一个老妇人"的方式让我忍俊不禁。她一本正经地说着话，微微地摇着头，就像人们放在汽车后面的沙滩上的那些长绒毛小狗。她什么也不想吃。

"我家的冰箱里面总是空的。为此我经常被责备。"

我想起来她已经结婚了，并且是一位母亲。

她跟我说自己很快就要去土耳其了。联合国教科文组织会在那里召开一场文化方面的国际会议，需要她去翻译阿拉伯代表的报告。

"你会离开很久吗？"

"十五天左右，或者更久，要看情况。"

我没有问要看什么情况。

"那你家里……"

"我总是有一只脚踏在门外面，"她带着点幽默回答道，"这是必须的，我无法忍受被关起来。他们知道的。"

"他们什么都没有说吗？"

"说了。但我还是要走。"

快到两点了。我不想让她离开，不想让她现在去伊斯坦布尔，也不想让她在几天之内去伊斯坦布尔。她看起来也并不着急。当她在的时候，时间站在我这一边，不再是轮到我忍耐。女侍者端上来一个小茶壶配着两片柠檬，麦莉丝对她粲然一笑。她不想对我说她丈夫在歌剧院附近的一家阿尔萨斯风味的餐馆里等着她一起吃午饭。或许是她忘记了。她仅仅带着惋惜的表情低声说，她和我在一起的时候感觉很舒服。

09

Chapitre neuf

在她动身去土耳其之前，我们最后一次共进午餐。她气喘吁吁地走进办公室，我让她坐一会儿。她从自己的包里拿出一本旧书，书倒着，我无法看清书名。她的外表发生了一些变化。我要从房间里暂时离开一会儿，老板需要我给出关于伊奈丝·阿罗约的一些想法——就是那个在加泰罗尼亚地区被判处死刑者的母亲。能够为辩护方案拟出一个提纲，这使我感到如释重负。因为我仍然为"百花乐园"那一天我的愚钝感到无地自容。

当我回来的时候，跳入我眼帘中的是她浓密的秀发，它们像瀑布一样披落在她的双肩上，还有那狂野的颜色。上次从红长椅餐馆出来的时候，我曾建议麦莉丝把她的头发散开。我们谈论着穿短裙的女侍者。我曾说她若能让自己黑色的头发自然地下垂摆动会好看，她当时置若罔闻。我大胆地猜测着她头发本来的颜色，而她没有做出任何回应。她用闪耀着火焰般光泽的浓密秀发回答了我，而这把她的脸色衬托得更为苍白。

麦莉丝的呼吸已经平稳下来，我们向圣米歇尔方向走过去。露天咖啡座已经座无虚席。在于赛特路上，希腊餐馆门口招揽客人的侍者们竭力想劝我们进门用餐。有些人把她称为"小姐"并对她称赞不已。她没有放慢脚步，而是继续前行。"这个头发让我有点不习惯，我感觉所有人都在看我，"她惊慌地说，"我头发的颜色是不是太红了？明天我要给头发重新染色。"我听成了："明天我要熄灭头发的颜色。"

堤岸旁回荡着鼓的咚咚声。汽车紧贴着塞纳河边的旧书摊行驶过去，它们靠得那么近，而我对那些天书早就失去了研究的兴趣，除非是在夏日的清晨。我们从巴黎圣母院穿到花园里。我本来想把她带到花居屿餐厅，去缅怀我的父亲。但她更想在靠近音乐凉亭的长椅上先坐一会儿。她脖子上的血管

Chapitre neuf

在跳动，眼白上有红血丝，就像是上等瓷器上的裂纹。我问她身体是否还健康，她回答说："不。"

起风了，我感觉她有点冷。我们没有触碰过彼此，她的香水味却萦绕在我的手指尖。我们慢慢地踱完那几十米，到达花居屿餐厅。这个时候，匆匆忙忙对于她来说是不可能的。餐馆里飘浮着与侯昂庭院里相类似的嘈杂声，她脸上的表情立刻柔和了下来，因为到了一个熟悉的地方。我就知道她在这里会感到舒适。先前被我压抑下去的一种不安的感觉占据了我的内心：我们从前在这里相识，每次只要我们俩之中有一个人重复这个动作——推开花居屿餐厅的转门，我们都将再次相逢。

麦莉丝并没有提到自己将动身去伊斯坦布尔。她决定把自己的头发重新束起来，无疑也是把自己的头发变得不再那么光彩夺目。她对我说在那边必须要穿黑色的衣服。我很想告诉她我的父亲非常喜欢黑色，他还喜欢坐在靠近玻璃窗边的桌子旁，就是我们围坐着吃午饭的这张桌子。然而这或许就得解释太多关于让·赫克特的事情，还要讲述他对光线的喜好。我想这不是一个好时机，于是我沉默了，以便能够更好地看着麦莉丝，更好地留住麦莉丝。

出门的时候，我们沿着奥尔良河堤散步。风还在吹，几艘游览观光船经过，它们在塞纳河上一圈圈地兜着风，并把假的旅行带来的假波浪送到我们脚下。麦莉丝问我愿不愿意在某天晚上去她家里吃晚饭，我拒绝了。她想知道我为什么在年近四十岁的时候还是孤身一人，我没有办法跟她解释，我向她坦白说，当我妻子离开我的时候，我还爱着她。

我们在贝蒂讷码头道别，她看上去闷闷不乐。是因为离别吗？还是因为我说的关于索朗热的话？她很快就走远了，我差点来不及跟她说让她照顾好自己。我在玛黑区还有一个约会，但我迟到了，手里紧紧握着她送我的那本书。她说这是一份再见的礼物，就是在办公室里的时候，她从包里拿出来的那本书，当时我没看清标题的那一本。这是一本珍·里斯的中短篇小说集，作者的名字读起来像珍·茜宝的名字。这本书的标题为"老虎更好看"，我从来没有读过它。但我仅仅是闻了闻这本书，就感到满足了。

Chapitre neuf

10

Chapitre dix

麦莉丝启程去了土耳其，又从土耳其回来了。在此期间，我如同一具行尸走肉，就连回忆都消逝了。我通过她寄来的一封信笺得知她已经回来了。这是她翻译的一篇关于阿拉伯世界妇女地位的文章复印件。还有一张名片，上面用粗体字写着她婚后的名字，麦莉丝·德·卡尔洛，以及她的地址和电话。我没有想到把卡片翻过来看。直到很久以后，在我去度假的前一天，我才再次拿起麦莉丝用打字机打出来的文章。回形针已经滑脱，名片掉落在木地板上的时候翻了过来。我在名片背面发现了她的紫罗兰色的笔迹，又细又高，我说"紫罗兰色"（violette）的时候，心里想的是"猛烈的"（violente），因为她的话像是一记迟来的拳头，狠狠击中了我。"我想知道你对这段思考的意见。如果我给你带来了不便，那么请原谅。"在余下的一点点空隙里，她用细小的、加粗的字体补充道："我渴望再次见到你。"

我常常试着回想起我把她的信笺拆开的那一瞬间。事实上我没有读信，自从离婚以后，我就不顾一切地投身于工作之中。倘若伏案数小时写辩护材料之后还有剩余的精力，为了兑现许给莱昂·瓦勒斯贝尔的诺言，我会尝试着写一本关于父亲的书。我始终相信只要讲述父亲或父亲身边的人的生平就可以创作出一部文学作品了。在莱昂的坚持下，最终我与火枪手出版社签订了一纸合同，内容是写一本小说。当时我还不知道如何给这本小说命名，莱昂就把它标记成《未来的小说》(*Roman à venir*)。秘书粗心大意地将其写成了《小说未来》(*Roman avenir*)。对此我们大笑了一番，然而三年过去了，我的小说毫无进展，这份契约却仍把我们捆绑在一起。不，我没有读过麦莉丝寄来的文章。名片上保留着她压抑的尖叫声："我渴望……"

她回来之后，一个月过去了，她没有对我表示出任何她存在的迹象。有一天，她悄悄地出现在我门上的玻璃窗外，然而她看起来急匆匆的。莱昂让她翻译一篇文章，麦莉丝愉快地接受了。莱昂还鼓励她为火枪手出版社写一本关于穆斯林妇女的书。我寻思着他是不是对麦莉丝一见倾心，我第一次因为他感受到了妒忌，然而这感觉很快又消散了。他跟我解释说一天早晨，麦莉丝来律师事务所找我，我恰好不在，于是他与麦莉丝进行了一场热烈的讨论。因为他是犹太人，所以他对穆斯林对待女人的方式很感兴趣。关于这些女人的权利，他想了解得更多。显然是因为麦莉丝寄出信笺之后我没有回复，于是她避免与我说话。她是不是把我当成了一名真正的赌徒——倘若不确定自己会抽到一张好牌就不会翻牌的赌徒？我把麦莉丝所有的信笺都销毁了，除了这张像火柴上的硫黄一样准备点燃生活的小卡片。我们之间的故事本可以在开始之前就结束的。作为赌徒，我的手气不太好。

　　最终我还是给她打了电话。七月份我会离开巴黎去南部，尼斯或者意大利的里维埃拉。我不知道自己的旅行会持续多久，当麦莉丝拿起听筒的时候我想到了这个托词。她的声音比平日里更为低沉，一种谨慎的、带着一点厌烦的声音，大人物在多日操劳后的压力下的声音，也是老妇人的声音。我们约定后会有期。

一直等到九月初。麦莉丝在奥赛博物馆与我相见，她肯定穿着她的长绒毛大衣，一只长筒袜滑落到脚踝处。我们在马约尔的雕像之间兜兜转转，从一个雕像前走到另一个雕像前，麦莉丝出于好玩把一根手指搭在我的肩膀上。自从我们第一次逛过西蒙娜·托马斯书店以后，我从未见到她如此快乐。我们在顶楼宽敞的茶室里喝了一杯茶，镶木地板在我们脚下发出咯吱咯吱的声音。这一天，麦莉丝吃了很多东西，她吃了一些玛德琳小蛋糕和一份水果沙拉。她的眼睛暗示出她缺少睡眠，像往常一样，她皮肤下面有细小的血管，暗淡的脸上留有白色的粉痕，她浓密的秀发像火焰一般闪闪发光。我从未想过她也许是不真实的。

Chapitre dix

11

Chapitre onze

关于她，我仍然知之甚少。有一天我知道她曾为克丽斯汀·迪奥品牌做过模特，当时她十九岁。有时我很想去找找七十年代末的女性杂志。当我沿着蒙田大街行走，路过大牌设计师灯火通明的玻璃橱窗时，或路过康朋街上香奈儿工坊的大楼时，我还惦记着这件事。我想推开一扇门询问："您认识……"这样的念头在我的脑海中闪过，然后我立刻放弃了，我还想知道她在变为德·卡尔洛夫人之前姓什么。

　　她跟我讲述在她所签的合同中，要求她所穿裙子的长度必须过膝。我相信她还为巴尔曼品牌进行过时装表演，那段时间，她家里经常有摄影师来来往往。过了一段时间，莱昂需要一组肖像照片用于他的书的封面，我花了好大力气才说服她参与其中。仅仅是出于我们二人之间的友情，她坚持用"友情"这个词，她才接受"像蝴蝶一样被钉上别针"。意识到这样的事情不知道下一次什么时候才会遇到，于是我要求火枪手出版社的摄影师替我偷拍几张她的黑白肖像照。麦莉丝永远都不会知道这件事，这些照片沉睡在一个信封里，而这个信封被我藏在阿斯特罗莱巷子的家里。我无法下定决心将其撕碎，照片里麦莉丝用藐视的神情直视着镜头，她的眉毛堪称完美，尤其是描出来的弧度，突出了她端正的五官，除了下唇，下唇略显丰盈。她很快就放弃了那些时装走秀和为杂志拍摄造型，她不喜欢赚这种钱。她曾长期保持着午饭后催吐的习惯，当我遇见她的时候，她已经停止这么做了。然而她还是吃得非常少。

不知不觉间我们重新开始见面。她与我在圣安德烈艺术路上相见，但每周二和周四，我们直接约在"三卢森堡"电影院门口。她姗姗来迟，而在我看来，她在我们每一次约会之前的最后一刻都在与想要将其取消的渴望作斗争。开始的时候，她什么也没说。而我像一个在森林里面闲逛的人，在看见一只松鼠的时候屏住呼吸，害怕它在听见第一声可疑的声响时就逃走。麦莉丝重新焕发出生命的活力，她的脸渐渐放松了。我鼓起勇气说出两三个词句，而她微微一笑予以回应。成功了，她就在这里，她留下来了，电影可以开始了，其他的词句和影像将会俘获她，引诱住她。

有一次，我发现一副圆圆的眼镜架在她的鼻尖上，她用一只手扶着，因为左边的眼镜腿坏了。我们不约好下一次见面的时间就不会道别。每个星期一，她永远都不会闲下来。于是我预定了每个星期二，对此莱昂·瓦勒斯贝尔视而不见。我和麦莉丝一起待到晚上，我们在街上漫无目的地走着，我们谈论马勒和她最喜欢的《第六交响曲》。她把"马勒"（Mahler）发音成"不幸"（malheur）。随后她突然说"我要迟到了"，就跑掉了，一下子就把巴黎交还给我。在我们漫长的散步结束之后，我总是不知道我们走到了哪里，有好几次我不得不在地图上寻找返回阿斯特罗莱巷子的路。麦莉丝没有问过我为什么重复不断地看那些同样的电影。这样更好。

12

Chapitre douze

一天大清早，电话铃响了。我刚刚睁开蒙眬睡眼，立刻就听出了她的声音。

"明天，我不能来了。"

我听到电话筒里的一声叹息。

"对不起。"她说。

然后她就挂断了电话。

麦莉丝多日杳无音讯。我不想给她打电话，我从不会去想她在我们不见面时的生活。我知道她的生活里有许多来来往往的朋友，在他们陷入困境的时候，她和她的丈夫会让他们在家里留宿。这些朋友里有小剧团里的演员，也有身无分文的音乐家。有一天，她恼火地说着俏皮尖刻的话，说她有义务照顾所有人。

"那你呢，麦莉丝？"我问道，"谁来照顾你？"

"没有人。"她回答说。

我开始厌恶那些空落落的日子。接下来的周五，她来办公室找我了，穿着一条印着红色花朵的棉布裙子。她终于放弃了自己厚重的大衣。我的手触碰到她的身体，那感觉使我颤抖。我带她去了圣米歇尔大街。侍者安排我们坐在露天咖啡座，就在那几盆女贞树后面。一阵清风微微掀起纸巾，但没有掀起她的裙子，因为她把裙子上的扣子一直扣到最下面一颗。

"我敢肯定你的抽屉里有一本书。"她开始说。

"一本书？"

"是的，你肯定写了。"

她用毋庸置疑的眼神看着我。

"莱昂跟你说到这本书了？"

"没有。"

她的发型与上一次见面的时候相比发生了一些变化，头发没有那么蓬松了，并且变为了深色。我已经猜到我的注视会使她局促不安，但我却不能把自己的目光从她下唇的饱满的地方移开。我不想讨论书。

Chapitre douze

"好遗憾。"我喃喃自语。

"什么遗憾？"

"我们。"

"为什么？"

"我们相识得太晚了，麦莉丝。"

"对于什么太晚了？"

"没什么。"

她对我笑了一下，看上去很恼火的样子。当她走向地铁站的时候，我们还没有定好下一次约会的时间，追上她应该也是徒劳。

这一天，我在律师事务所里待到很晚。莱昂来到我的办公室里，他想知道我的《小说未来》进展到哪里了，仅仅如此。他把这件事和麦莉丝说了吗？看着他惊奇的眼神，我知道他什么也没说。

"我还在写小说的开头。"我叹息道。

"你满意吗？"

"我不知道。"

"你给我看一下？"

我转了下脑袋，向他示意一个卷宗袋，就放在我的工作台上。他在我对面的扶手椅上一屁股坐下，手里拿着两页纸，还有两页纸没动，他开始低声读起来。

"我的父亲曾经是剧照摄影师。六十年代，人们可以在布洛涅的一些工作室里遇见他，他和一群年轻人合作，而这些年轻人以追求梦想为生。他们之中有内斯特·卡普洛斯、让－路易·于歇、埃里克·德·马克斯、米西尔，当然还有加比·诺埃尔，只有关注电影片头字幕的人才会知晓他们的名字。于是镜头成了知晓一切的主宰。它录入演员的一切行为，我父亲则悄悄按下快门，以便能够定格演员们最佳表现的瞬间。最佳镜头出现在《电影世界》周刊上，大部分照片之后会被贴在大雷克斯或阿特里姆影院的墙上，用玻璃罩着，以防偶尔会有在马路上东游西逛的人把照片偷走。我想我的父亲眼光独特，他能够捕捉到演员的虚弱，他们缄默的愤怒，以及拍摄插曲在一张完美无瑕的脸上引起的细微波澜。可以说他能够预感到女演员们松懈的时刻，感知到她们害怕自己达不到电影和导演的标准，或仅仅是担心无法满足自己对形象的要求。

"我父亲的公寓曾装满了这些瞬时的魔力。玛蒂妮·卡洛的一个哈欠、弗朗索瓦·朵列忧郁的眼神、德菲因·塞里格在尖叫着喊出'主使者'前唇边的极度慌乱。据我所知，这些照片都没有被发表过，它们就像古代法老的装饰品或法衣圣器储藏室里的襟带一样神秘。我父亲自己留着这些照片。我曾很想相信他是为了我而留下这些照片的，特别是那些女演员的照片，为了让我有选择的余地。

"我对自己的出身一无所知。我出生在巴黎，不知道母亲是谁，我父亲是给女明星拍照的摄影师。父亲临终前向我吐露了一个秘密，我的出生源于一个电影之吻。"

莱昂读完，把几页纸放回卷宗袋里，递给我。

"你应该继续写。"

"我在这段时间里看了不少电影。"

"你真的认为她是女演员吗？"

"是的。和新浪潮的电影工作者一起，我父亲盲目地信从他们。"

莱昂对我笑了。

"好吧。"

他忽然间看起来很烦恼。每次他犹豫着想跟我说点什么事情的时候，他都会轻轻地吹着口哨站起来，开始围着我的办公桌踱步，却不知道眼睛要看向哪里。然后他开口了。

"这就是你把麦莉丝带去'三卢森堡'电影院的原因吗？"

我涨红了脸，没有回答他。我们沉默了。莱昂开始轻轻地吹口哨。

"你认为你的母亲能与夏布洛尔一起拍电影吗？"为了把我们从窘境里拉出来，他这样问道。

"在《漂亮的塞尔吉》里面，或许吧，也许是在《表兄弟》里面。我应该看看这几部电影。为什么这么问？"

"就这样。"

他点燃一支香烟。自从我父亲去世后，他就占据了父亲的位置。他知道这一点，并且没有滥用父亲的权利。父亲的脖子上挂着一大串照相机和镜头，我不谈论女人，父亲从来都没有给我留下多少空间。然而，他的三角支架的重量至少阻止了他向我的心中播种，我不站在光中，这样更好。阴影处有更多的生存空间。我的母亲，一位演员，这是另

Chapitre douze

一码事。她像一颗星星一样一闪而过。"这些女人不会受一个小孩的拖累。"一天晚上在聊天时莱昂·瓦勒斯贝尔这样对我说。他言之有理。就是因为这个原因，我每周约我的母亲两次，在中午十二点整，"三卢森堡"电影院。她也迟到了，像麦莉丝一样。然而我相信她最终会毫无征兆地出现在一张旧胶片上。在《祖与占》中，显然我没有找到她。一种顽固的直觉对我说她在里面扮演着一个小角色。

"你想好标题了吗？"莱昂问。

我回答说：

"光之子。"

他撇撇嘴。

"我们会想到一个更合适的题目。"他果断地说。

然后他又补充了一句：

"无论如何，不应该就这么赢得……"

他说了一半的句子飘浮在空中。

"那么就应该任凭战败？"我不假思索地反驳回去，就像乒乓球里面的反手球一样。

他哑口无言。过了一会儿，为了填充空白，他继续说：

"暂且，谨慎一些，和麦莉丝。"

我不知道这个"暂且"是什么意思，因为我对这些电影的场次，这些密集的场次的期待很小，我认为我的父亲已经把一切都秘密策划过了，什么都不会留下，不会留下一丝痕迹，不会在胶片上留下一个爆裂声，不会留下任何能够把我引到路上的东西。我想象着他把用于跟踪摄影的轨道抹上滑石粉，为了微妙地呈现画面，并且不会受到任何杂音的干扰，我想象着他就是这样把一切能够指引我找到母亲的光环的痕迹抹除掉。

我又一次涨红了脸。

"我为什么要谨慎？"

莱昂善意地看着我，带着一点忐忑不安的味道。

"同时纠缠两个女人不好。"

他或许可以加上"两个女演员"，然而他没有继续说下去。

13

Chapitre treize

我决定走回阿斯特罗莱巷子。我没有吃晚饭，就在拉斯帕伊街上转角的室外帐篷边买了一个热气腾腾的可丽饼，狼吞虎咽地吃掉。应该是夜里十一点了。路上的巴黎行人还是很多。还有人穿着大衣，然而他们从容挺拔地走着，摆脱掉了冬天的重量。女人们穿着春秋季的裙子，有一两次，我闻到百花乐园的香水味，情不自禁地转过身。我寻思着这个时候麦莉丝在做什么。她在弹钢琴吗？她在为从噩梦中惊醒的儿子读故事吗？她的丈夫有没有把一只手覆在她的肚子上？

　　"啊，吉尔先生！"

　　我住的大楼里的门房女人正在倒垃圾。街边的人行道上，用绳子扎起来的一捆捆杂志铺得满地都是。我看看日期，都是些近期的杂志，麦莉丝不可能出现在巴尔曼或迪奥品牌的页面上。两把被丢弃的扶手椅在外面度过它们的第一个夜晚。

"您对它们感兴趣吗？"门房女人问我。

我摇摇头，表示"不"。

"反正我也不知道您会把它们放在哪里。您有那么多书……"

她想要与我攀谈。我礼貌性地微微笑了一下。

"您的一个包裹到了，吉尔先生。是从巴拿马寄过来的。您是现在要还是明天到门房来拿？"

"我现在就去拿。"

"那么您跟我过来吧。但是说话声要小点，我的丈夫睡着了。"

我并没有心情闲聊。

写在包裹上的是保罗·于坦的大方优雅的字迹。他和博雷尔一样，是昔日大学里的一位同窗。在修完法律专业之后，他继续学习了政治学，与此同时还是一名非常有经验的电影爱好者。而后他选择了外交生涯，年纪轻轻就在巴拿马担任过首席顾问。每天早晨，他醒来的时候都能看到美洲大桥，

Chapitre treize

在斐迪南·德·雷赛布雕像的对面。他炫耀说自己认识这个星球上最臭名昭著的那些非法商人，然而没有什么能够像电影一样让他兴奋不已。保罗·于坦热爱意大利式西部片（Spaghetti Western）。他曾幻想说以后我们一起拍电影，我来写电影剧本，他为电影编曲，因为当然了，他也是一名音乐家。他曾为塞尔乔·莱昂内和埃尼奥·莫里康内的天籁之音般的二重奏所感动。"他们俩是同班同学，像我们一样！"保罗提醒我说，"而且他们只用几名没有刮胡子的演员和一曲口琴吹奏的音乐就征服了整个世界。"我听完后笑了，却决定不予理会。一个赫克特在电影界，这就足够了。我永远都不想涉足我父亲所在的领域，可能我害怕自己做得不如父亲好，甚至我可能更害怕自己做得比父亲好。

每次去美国或墨西哥旅游的时候，保罗·于坦都会整箱整箱地买录像片，夜里他伴着太平洋的海浪声放映录像。他的包裹里装有一套西班牙语的录像带，一共三盘，还有一封短笺："我偶然间在这一系列电影的片头字幕中看到了你父亲的名字。你或许会从中找到你的幸福之所在。友谊长存。保罗。"

父亲生前曾去过南美洲拍摄关于动物的纪录片，还有一些他没有吹嘘过的电影，这些电影以夸张的方式宣传革命英雄。我总是对他的这些旅行感到惊讶，因为我以为他只爱巴黎，爱巴黎的流光溢彩。他回来的时候，我曾问他在那边创作了什么。他总是一成不变地回答道："没有什么了不起的东西。"他的声音仿佛还在我的耳边，重复着"没有什么了不起的东西"，重音落在末尾。似乎每一次他都是失望而归，没有给人以他在具体寻找一样东西的感觉。然而一旦有机会摆在面前，他又再次出发了。我曾收到过从利马、卡塔赫纳和哈瓦那寄出的明信片，当时他和克利斯·马克一起参与了《是，古巴》的拍摄，我想他也许在巴拿马给我写过信。

夜已经深了。我没有勇气看那些电影。我外套上的口袋被一本书撑得变了形，我认出那是《老虎更好看》。自从麦莉丝把这本书送给我以后，我就把它留在了办公室里。这天晚上，当莱昂·瓦勒斯贝尔建议我要谨慎些的时候，我可能是无意识地抓住了这本书。我闻着书的切口处，麦莉丝的香水味还残留在上面。当我开始阅读的时候，一张卡在封面下的纸翩然掉落了出来。莱克朗兰－比塞特尔的科尔内耶修车行。她用她丈夫的名字签了名，居伊·德·卡尔洛，他们更换了汽车散热器护栅和他的拉古纳车标，修配工还加了一个钩子和一个钩夹。全部都在这儿了。在这种生活中，我一无是处。一天麦莉丝曾跟我说她不会开车。但是她的丈夫有一辆拉古纳汽车，配有崭新的车标。我决定不再露面。莱昂·瓦勒斯贝尔会把那本关于穆斯林妇女的书的问题处理得很好。

14

Chapitre quatorze

接下来的日子里，我看了好几部老电影。我已经有段时间没去过"三卢森堡"电影院了，因为我可能会在那里寻找麦莉丝的身影。我们之间还没有任何矛盾，但我却避免独自去我们曾经一起去过的地方。我很享受这段康复期，趁此机会我去研究了附近街区放映的电影。这让我得以证实我的母亲肯定不会参与《亚特兰大号》的拍摄，除非她在孩童时代就开始拍电影了。

　　通过翻阅我父亲那些精装的黑色人造革封皮记事本，我发现他曾参与过《慕德家一夜》的拍摄。有几页提到他曾在克莱蒙费朗逗留过，并于1968年冬天的末尾回到巴黎穆浮塔街上的工作室。

　　关于《慕德家一夜》，父亲心满意足地标上阿莱弗莱克斯摄影机和库克镜头的名字。然而还有一句晦涩难懂的话："被拍摄成黑与白。N.V. 会活得更久。"之后我在读一本关于摄影机技术的指南时，对父亲想要说的话理解了一半，仅仅是一半。和他那一代的大部分优秀的摄影师一样，他只喜欢黑色与白色。当他担负着首席灯光师的职责时，他甚至把它当作是原则。一名往昔认识他的制片人告诉我说他经常与导演们讨论，为了说服他们不要让步于颜色的粗制滥造。这就是他独独偏爱弗朗索瓦·特吕弗的原因，此外他们还是同年同月同日生，都生于 1932 年 2 月 6 日。但是 "N.V. 会活得更久" 是什么意思？指南的作者解释说黑白胶片会比彩色电影胶片保存得更为完好。我认为这两个起首字母的缩写是我母亲姓名的起首字母。我对这个陌生的女人念念不忘，我没有想到这两个连在一起的字母，N 和 V 可能仅仅是指新浪潮。我在圣日耳曼再一次欣赏了《慕德家一夜》，又一次地感到了失望。我的母亲既不是弗兰西丝·法比安，也不是玛丽－克里斯汀·巴洛特。那么她是谁呢？我的父亲的的确确地把我留在了黑暗中。

Chapitre quatorze

15

Chapitre quinze

给我打电话的人是她。我立刻就认出了她细小的声音，像她的笔迹一样尖细。

"亲爱的先生，您好吗？"

似乎她认为把我称呼为"您"很有趣。好像不需要什么明显的理由，她的心情就变得愉快了。她想要知道我今天下午忙不忙。我的日程本上是空白的，我本来打算去看《野孩子》，因为特吕弗把这部电影拍成了黑白片。我父亲的一个记事本里记载着照明技术——然而他从来都不说是照明技术，他更喜欢说"那些光线"，或者干脆地说"光"，我在《慕德家一夜》里找到了相同的起首字母缩写，N.V.，这个发现让我欣喜若狂。

"我们在浪漫小屋餐馆见面吧。"麦莉丝决定说。

我都不知道如何到那里去就同意了。她大致地给我指了路，我按照一本旧巴黎指南沿着她告诉我的路走，指南上还标有随处可见的供行人饮水的设施。今天，我将没有办法回头。我只记得自己沿着皮加勒路往北走，天气很温和。我想着在白日美人这种街区的一间浪漫小屋可能会是什么样子的。和平时一样，我先到了。我推开一扇生锈的栅栏制成的门，郁郁葱葱的大树把它们的影子投在铺满沙砾的花园里。一群孩子在相互追逐嬉戏，一只猫卧在木椅子上打瞌睡，几名看不出年龄的女士在藤架下吃着点心。最里面有一幢跨度很小的房子，像娃娃屋一样的方寸之地。时不时会有人经过窗前，然后又消失了。尽管是大白天，挂式分枝吊灯仍然是亮着的。吊灯上的水晶坠子在穿堂风中碰撞，发出叮叮当当的声音。

　　我在藤架下坐下来，展开一张报纸。我们约在中午十二点，现在已经快到十二点半了。人们轻言细语，他们的笑声使我感到昏昏欲睡，我还是睡着了。一只手搭在我的肩膀上，很轻很轻，时间飞逝。

　　"不好意思。"

Chapitre quinze

她亲吻了我的额头，就像母亲有时候会亲吻自己长大了的孩子们一样。我在椅子上坐直，不知道说什么，只说了这几个字：

"不要变，麦莉丝。"

我们两个人点了一份沙拉，还有茶。我忘记之后我们说了些什么。这一天的痕迹全部都凝固在几个小时后的那一刻，我们在往南一点的特立尼达附近的公园里。我还沉浸在浪漫小屋如梦如幻的回忆中，就像我们经历过的一些场景，很久之后我们会想自己是不是仅仅做了一个梦。但是我怎样才能如此具体地臆想出这间小屋的内部——装满老旧物品、雕刻艺术、小巧玲珑的东西和令人乏味的瓷器？这些停留在我的脑海中，就像是飘浮的回忆的战利品。麦莉丝在游览中全程挽着我的胳膊，她离我如此之近，我不用转头就能呼吸到她的香水味。在离开的时候，我已经醉倒在她的芬芳中了。

我们沿着皮加勒路往南走。手表上的指针已经转到了晚上六点，我不明白怎么就到了这么晚。当我们在一起的时候，麦莉丝击败了时间。中午的太阳发散出的光芒使巴黎和行人的头发都黯然失色，而这会儿的光不再那般强烈。我感觉自己渴望对麦莉丝讲述我的父亲，就是这样心血来潮。我对她说有一部电影，我忘了是哪一部，我父亲把床单悬挂在演员后面，用这种方式把阳光变得柔和。在接下来的好多天里，他把我们用得最旧的床单浸泡在茶水里。我不记得我后面还讲了些什么。我想我肯定说了太多关于黑与白的故事。从我父亲在《奇遇》中点亮的西西里的白色阳光，讲到他为安东尼奥尼拍摄的时光，以及在《夜》中米兰的荧光，沐浴在《蚀》中的工厂里的黑色的光。每次我的父亲都选择这些粗暴的基调，为了考验电影院里的眷侣们。麦莉丝突然打断我的话，抗议道：

"但是生活是五彩斑斓的！"

"生活，是的，而梦却不是的！"

"你错了，我的梦是蓝色的！"

我们站在一个公交站附近。没有人朝奥德翁走去。她在人行道上站定，不想回家。

"要不然我们去坐一坐吧？"

她指着不远处的特立尼达公园。我看到她戴着

Chapitre quinze

太阳镜，这是我第一次看着她的脸却捕捉不到她的目光。我们坐在草地上，我在想自己知不知道她眼睛的颜色，她的双眸是深绿色还是珍珠灰色的，就像柯罗的画一样。有一天她跟我谈到了柯罗的画，但我没有认真听。这不再是探寻她眼睛的颜色的时刻，因为在这一瞬间，另一段生活开始了，在这段生活里，无论是黑色、白色、彩色，还是深绿色、珍珠灰色都已经不重要了。这是一个慢镜头场景，由一位隐形的动作大师指导完成，或许他是一位头戴帽子、手持权杖的中国长者，在我们面前打着太极。一个红色皮球朝着我滚了过来，后面跟着一个孩子。就在红皮球和孩子冲向我的时候，麦莉丝一边把她的头靠在我身上，一边说了这几个字："从一开始我就爱上了你。"

　　我父亲的一句话突然间揭示了一切，这是 1964 年 1 月 13 日写在他记事本上的一句话："我们不讨论光。"

16

Chapitre seize

一天上午，麦莉丝没有打招呼就来到了我的办公室里，她想要去看大海。很久以前我就没有汽车了。我问莱昂·瓦勒斯贝尔能不能把他的汽车借给我开一天。他把钥匙递给我，没有问我打算去哪里。我从他的沉默中懂得很快我就不得不与他好好谈谈了，要试着向他解释我没有办法专注于他托付给我的诉讼案件。但是我要如何说呢？我会说麦莉丝是魔法，是女人，是情人，是姊妹，是母亲，还是时间的吞噬者，在我父亲死后创造的光中前行？我自己也不知道麦莉丝到底是谁，不知道她将在我的生活中占据怎样的位置。

　　这是一辆两侧有轻微划痕的汽车，是美国或者德国的牌子，我从来都不认识车型，但重要的是：

车能开。麦莉丝坐在我旁边，我们向卡布尔疾驰而去。当海滨大道出现在我们眼前的时候，已经快到下午三点了。我们走在沙滩上，冷风卷起沙子。麦莉丝想到要走进海水的时候兴奋得像个孩子，她脱了鞋，小心翼翼地褪下长筒袜。我注视着她一边跑进浪花里，一边发出欢快的小小的尖叫声。我捡起她的皮鞋，并忍不住去闻她的长筒袜。

她回来的时候容光焕发，却瑟瑟发抖。我们向沿着路边放置的长椅走去。她被冻僵了，我用力地摩挲着她。她坐下来，把两条腿交替着伸给我。我掠过她大腿上柔嫩的肌肤、修长的脚踝，在感受到它们的重量之前我没有想到它们是如此的紧致。当麦莉丝的身体暖和过来的时候，我的心跳得更加剧烈。然后她不慌不忙地在清冷的空气中用缓慢的动作穿上长筒袜。我的手指上浸润着她的肌肤上的味道，我已经开始担心这种味道会从我的手指上消失，就像百花乐园的味道最终在《萨朗波》的书页切口处消失了一样。

风更大了，我们走进酒店的酒吧里。女侍者打量我们半天，无法把目光从我们身上移开。她看完一个

Chapitre seize

人又看另一个人，差点不敢过来点单。我在《一个男人和一个女人》中看到过这种场景，让－路易·特林提格蒂尼昂对阿努克·艾梅悄悄地说饭店的侍者看起来很不悦，因为他们没有点足够的菜。他把侍者叫过来问："服务员，你们这里有房间吗？"

我清晰地想起了这个我已经看过十几遍的场景，当时我以为阿努克·艾梅可能是我的母亲。让·赫克特的名字出现在电影片头的字幕里。他留给我许许多多阿努克·艾梅的照片，我曾花了好长时间才找出这些照片是从哪部电影里截取出来的。其实这些照片是出自电影《萝拉》，而不是出自勒鲁什的电影。我把一张脸，一张风华绝代的脸安在一个陌生女人身上的希望突然落空了，这个陌生女人就是我母亲。在拍摄《萝拉》的时候，倘若阿努克·艾梅怀着我，那她的肚子就太圆了，无法扮演小酒馆里柔弱的歌手。

女侍者一直盯着我们看。我从她的注视中猜测到她认为我们俩是有伤风化的一对恋人。此时此刻我们生活在一个没有破裂的泡泡中。她不知道时间会把我们耗尽。

这个时间段，酒吧里冷冷清清。在非旅游季
节里的一个工作日，无法让人期待假日里的生机勃
勃。这种宁静对于我们来说正合适，我们像在教堂
里默祷一样低声交谈。即便是在人山人海中，也只
会看到彼此。麦莉丝回头的时候发现了一架钢琴，
它被放置在一个木制的台子上，就像一个背部发亮
的大昆虫。麦莉丝起身，没有询问任何人就坐在了
琴键前。女侍者向我投来混杂着不安和期待的目
光，然后她无声地请示了酒店负责人，他做出了一
个请便的手势。然后女侍者对我笑了笑，像冒失鬼
一样不管不顾，一屁股坐在椅子上。麦莉丝的手指
刚在象牙色的琴键上掠过，天籁之音就传了出来。

最后时间停滞了。麦莉丝在琴键上方微微地摆
动着身体，酒吧被带入在水中一般的、柔和的气氛
中。我听出这是尼诺·罗塔写的旋律，这也是费里
尼所热爱的旋律。在拍摄《甜蜜的生活》和《卡比
利亚之夜》时期，我的父亲曾为大作曲家工作，他
从来都没和我提到过这些。我在翻看他记事本的时
候发现了他在罗马做的这些工作。他曾把光照入特
雷维喷泉，为了映照出安妮塔·艾格宝的身影，没

Chapitre seize

有任何"N.V."伴随着他对这束强烈的光的简短评价，但他却带回了尼诺·罗塔的钢琴曲的录音磁带，当我还是孩子的时候就用录音机听这些乐曲，麦莉丝刚刚在不知情的情况下把这些乐曲还给了我。

她问女侍者几点了。已经是晚上七点了。麦莉丝脸色一沉，我们快速走出门。我应该开车原路返回，因为我们忘了付钱。女侍者并没有留意到，当她对我说谢谢的时候，我不知道她指的是酒钱还是余音绕梁的钢琴曲。我把车开得飞快。麦莉丝沉默不语，我能感受到她的烦闷。

"今天晚上我们受邀去朋友家吃晚饭。"她低声说。

我们，这里是指她和居伊·德·卡尔洛，她的丈夫。她称之为"我的配偶"。

他们住在太子广场。

她让我在一座电话亭前停车。

"我得给他打个电话。我要让他直接去那边，你把我也送到那边。"

从车里出来的时候，她带着一丝古怪的微笑看着我。她说：

"不要伤心。"

麦莉丝冲进电话亭里，里面的顶棚灯出了故障，黑暗蔓延开来。我打开前灯以便能让她拨号，她的双唇在翕动。她在和她的丈夫说话，我听不到。我们忽然间隔得好远，她在有机玻璃窗后面，而我在挡风玻璃后面。我想象着我的父亲或许能把这些玻璃抽离。雨滴开始落下来，我打开雨刷，不想让麦莉丝消失。因为我感觉雨水能把她抹除。眼看着一天就过去了。我父亲曾在电话亭里装过强力照明灯，以便照亮女演员的面容。但这一次我们是在生活中，就像他经常说的，"生活，不是电影"。麦莉丝小小的脸庞在水滴中变长、变形、走样。她不再是记忆中卡布尔大酒店酒吧里轻盈的钢琴演奏者，谎言的光晕把我们笼罩在异常沉重的黑暗中，彩色是不可能存在的。我父亲在思考的状态中不会拍下任何照片，他讨厌丑恶进入他的镜头里。

当我把麦莉丝送到太子广场的一座建筑物前，已经快到九点了。她没带鲜花，也没有带借口。

"我会想办法应付过去的。"

Chapitre seize

她没有拥抱我就消失了。我对任何事都不再确定，我甚至不能确定还能不能再次见到她。

17

Chapitre dix-sept

雨下了整整三天。我看了几部新浪潮电影，埃里克·侯麦导演的《面包店的女孩》，还有让·厄斯塔什导演的《我的小情人》。我的父亲曾为英格丽·卡文解决过脸上打光的问题，他让她点上一支香烟并尽力让跳动的火光保留得更久，以便让观众能有时间看清她的面部轮廓。然后她与自己的情人重新陷入黑暗中，但幸好有前面火柴上的光，于是人们知道夏日的晚上经常在纳博讷的一条林荫道上闲逛的那个偷情的女人，就是卡文。

　　根据我父亲的记载，他最终说服让·厄斯塔什不要一直照亮主角的脸。只要在火柴燃烧的几秒钟内清晰地照出他们的脸就可以了，这样就能让他们再次陷入半明半暗处，却不会打断故事的连贯性。

对于这两个秘密情人来说，光的缺失为他们的存在增添了诗意和神秘性。火柴被吹灭，卡文却一直都在那里。有时候我会想到为游客拍照的摄像师，就像我们在歌剧院门口的台阶上看到的那种，他们会不会在我和麦莉丝不知情的情况下，拍下了我们。我会买下这些昂贵的照片，否则我们在一起时和谐相称的身影就会出现在公交车、地铁、商店的玻璃窗上。

　　已经是周末了，又是周末了，而且是寂静的周末。没有什么可企盼的，而我却还是在期待。一个小时接着一个小时，无休无止，比平日里更长，最终我决定专注地观看《五至七时的克莱奥》。一位年轻的女子知道自己得了癌症，她很漂亮却将要死去，或许吧，这是属于胶片的顽念——美丽与死亡的结合。柯琳妮·玛钱德行走在巴黎的步伐焦灼不安，就像是最后的步履，而我在看她的时候没有想到我的母亲，我看到的是麦莉丝。她遭受着什么？我希望她唯一感到痛苦的就是我不在她身边。

　　这三天里，我的电话都没有响过，除了一次。莱昂想知道我愿不愿意在五月的第一个星期代表瓦

Chapitre dix-sept

勒斯贝尔律师事务所去罗马，他简明扼要地跟我解释了一下案件。我担心麦莉丝会就在这个时候给我打电话，然后发现电话占线。这样的事情在一个周日的晚上发生过，她借口去食品杂货店买东西，从家里出来，然后去电话亭给我打电话，却没找到我。回去的时候，她的丈夫盯着她看，一言不发，也没有看到她空空的双手，他只跟她说星期天晚上阿拉伯食品杂货店总是关着门的。第二天，我才听到电话留言机里的留言。

莱昂跟我提到了一场关于受害者权利的欧洲专题讨论会，我们受到了邀请。那段时间他没有空，五月初，他会去耶路撒冷。我只听到了罗马，与麦莉丝一起，去罗马。我同意了，然后很快结束了谈话。电话没有再次响起。

麦莉丝很少谈到她的丈夫。她爱他，她爱我。就是这样。我终于知道她在结婚之前的名字是麦莉丝·德·梅郎多尔，这个年轻女孩的名字让我不可自拔地陷入孩子的世界里，里面有曼陀林（mandoline）和法兰多拉舞（frandole）。我认为她不属于我，更不属于她的丈夫。一名被别人爱着的女子从来都不属于您吗？她一旦消失，首先便属于梦和痛苦。但是居伊·德·卡尔洛先遇到的她，鉴于他那种地位的人，麦莉丝会接受先来后到的顺序。

经历过特立尼达的告白后，她身上发生了一些变化，引起了这个日渐模糊却又是真实存在的丈夫的怀疑。他平时习惯准时去上班，现在却晚些离开，还会提前过问麦莉丝这一天里都做些什么。麦莉丝和他提到过我吗？是的，像一个朋友一样，她声称。但是她的丈夫应该不会相信给自己的妻子重新带来活力与色彩的是友情。倘若麦莉丝提及要去安顿大马路附近购物——居伊·德·卡尔洛管理着林荫大道上的一家保险公司，他会提议带她去吃午饭。一间体面的地狱在他们位于莱克朗兰－比塞特尔的房子中落成了。一天早晨，他正在家里拖延时间，然后是他接起电话听筒，我听到了一句烟嗓说出的沙哑的"喂"。这个平淡无奇的词使我不寒而栗，因为它把麦莉丝周围的一个男人的存在具体化了。她是他的妻子已经有十二年了，而我却感受到自己好像就是那个被欺骗的丈夫，以及他的苦楚。

这一天，我在木剑电影院里观看已经看了无数次的《游戏规则》。我知道没有什么能够指引我靠近流星的痕迹，在某些晚上，它们和我的母亲一样缥缈。其实让·雷诺阿的对话录里说到过我们，我常常能想起这句话："生活中的问题，就是每个人都有自己的想法。"

雨在巴黎下了三天，而麦莉丝没有打过电话。星期二，我拨出了她的电话号码，是她对他说话的声音。我立刻挂断了电话。已经过了十一点，我需要几分钟来恢复平静。我需要她，我渴望她，我想将自己所有的力量都消耗在她身上。我一想到麦莉丝不在，时间对于我就是痛苦的煎熬。我想要昏厥过去或者昏睡过去，并且只能是她来把我唤醒。我在自己的书架上抓了一个父亲的记事本，随手翻到一页，偶然间看到一段平日里觉得无关痛痒的话："在灯与手之间，有一条线。"线断了。

18

Chapitre dix-huit

一天晚上，她打来电话。她的丈夫去参加承保人的晚宴，他曾坚持让她一同前往，但她在最后一刻溜走了。他已经迟到了，而且没有她的陪伴。

　　"我不能和你说太长时间，他肯定会想办法联系上我。"

　　"在晚宴的期间？"

　　"你不了解他……"

　　她的声音疲倦而缥缈。

　　"很难吗？"我问。

　　"是的。"她沉默半晌回答道。

　　"你更希望我们不再见面了？"

　　又是一段沉默。整个世界摇摇欲坠。

　　"那你呢，你希望这样吗？"

"不。"

我提议第二天中午就在"三卢森堡"电影院约会。

她毫不犹豫地说"好的"。

"我们要商量一下去罗马的事。"我在挂断电话之前补充道。

快到中午十二点半了。看电影已经没戏了，我在售票处附近等着，手里还拿着一个三明治。电影院在两周内都会上映《痴男怨女》。我曾在父亲的单间公寓里找到过查尔斯·登纳的几张底片。他们俩是同一代人，也都是谨慎的人，热爱他们的事业却拒绝大批量制作，借口是他们在"电影"行业工作，这是我父亲的说法。他曾为登纳做过大量的拍摄工作，在登纳的处女作《通往绞刑架的电梯》中，特别是在特吕弗导演的《黑衣新娘》中。苍白的、突出的人物面孔应该归功于父亲的照明技术，以及这种强烈的光，它从放置在画面外的白板上弹起来，被简单的反光圆片聚焦。行家们看到这些照片的时候会毫不犹豫地说："这种光，就是让·赫克特拍出来的。"对于我来说，他们口中提到我父亲

Chapitre dix-huit

的名字就像放出一道电光，让我抑制不住地想哭。

我从来都没有看过《痴男怨女》，但是我猜测在蒙彼利埃这座老城里，伯纳德·莫兰（登纳在电影里的名字）吸引的外省女人之中，其中一个女人可能是我的母亲。一天晚上，查尔斯·登纳来到家里吃晚饭，那时我还是个孩子，他对我父亲做的蔬菜烩牛肉赞叹不已。"我的小吉尔，"他容光焕发地说，"你要知道，对于生活中最美好的事物，我和让有着相同的品味，无论是美味佳肴，还是没有过滤嘴的茨冈香烟，最重要的是，那些让我们倾心的女人。"当时我还很小，但是我懂得他说的女人不是扑克牌里的方块Q皇后。当《痴男怨女》上映的时候，父亲正年富力强。他肯定和他的朋友查尔斯一样热爱女人，但是在他的拍摄记事本里，她们之中哪一个才能被称得上是神秘之星呢？内衣店的女老板？汽车租赁人的漂亮秘书？照顾婴儿的天真保姆？或者就只是在电影院里用手电筒照亮黑暗的女引座员？

一辆出租车在"三卢森堡"电影院门口停下。麦莉丝从车座里滑出来站在车行道上，"砰"的一声关上车门。她匆匆忙忙地向我走来，眼里满是惊慌失措，她哭过了。要想知道女引座员是否对我隐瞒了一个秘密，我还要耐心等待。

19

Chapitre dix-neuf

我们沿着王子殿下路往南一直走到奥德翁，林荫大道上方露出的一块天空上，厚重的乌云在翻滚。麦莉丝带我去了当东餐厅。自从她像演杂技般从出租车里钻出来之后，就没有松开过我的手。一只冰凉的手紧紧地抓着我的手。她点了一壶茶，她的脸看起来像是一幅凌乱的拼图，好半天都保持着一个逃亡者的表情。

　　"他整个上午都在，"她开始说话了，"当我准备出门的时候，他想要陪我一起去。我感受到了全世界的痛苦……"

　　当她说话的时候，我轻轻地抚摸着她的脸颊。她没有化妆，没有时间涂口红，甚至她肯定没有想到这些事。我想象着在她的家里，她从一个房间走到另一个房间，后面跟着这个陷入绝境的男人。他在监视着自己的妻子，并猜测她准备去见另一个男人。她把他甩开了。我没有问她是怎么做到的。毕竟她已经在这里了。

麦莉丝不熟悉罗马。她把旅行的日期记在一个很小的本子上，然后许诺会陪我一起去。她用的是铅笔，因为可以用橡皮擦掉。她真的会来吗？我们在巴黎的什么地方相见呢？居伊·德·卡尔洛会任凭她离开而不做出反抗吗？这些问题在我的精神上形成一堆阻碍。莱昂·瓦勒斯贝尔的建议也在我的头脑中萦绕。他肯定说得有道理。我不惜一切代价地同时纠缠两个女人，两个缺席的女人。然而不是这样的，麦莉丝就站在我面前，而且她已经恢复过来了。她的笑容点亮着当东餐厅，她握住我的手，把我的手紧贴在自己的胸口，对我说："感觉一下我的心脏跳动得多么剧烈。"必须要学会信任她，这个好困难。我对已经结了婚的女人毫不了解。我不知道她们能做到忠于自己的情人，确切地说，我们俩还不是情人。当东餐厅里诱人的灯光照亮她身上隐秘的一侧、手臂的内侧、脖颈到胸口边缘之间

牛奶般幼滑的肌肤时，我抬起眼睛，相信能在这种
光亮背后辨认出为我指路的父亲的身影。

20

Chapitre vingt

这是一个星期六。我们早已告别了六月，音乐的声音却一直在巴黎回响着。我决定留在阿斯特罗莱巷子。《野孩子》的录像带已经等了我好几个星期了，我一天一天地把看这部电影的时间推迟。相反，我应该快一点看。为了特吕弗，为了我父亲。那时他还在依据单纯的黑白色原理解决灯光的问题，关于这名赛璐珞制成的女子，在某些夜晚，我会比平日里更加想念她，比如说周末，当我知道要等到周一才会见到麦莉丝的时候。

我一下子就理解了自己迟迟不去看这部电影的原因：蜡烛的光晕，弧光灯模拟的阳光——我准确地猜测到这个灯就是让·赫克特放置的，以及那个孩子清澈、温和的眼波，但那个孩子并不是我。我一把抓起录像带的盒子，出版说明指出了拍摄时间：1969年。那年，我与男主人公同龄，完全一致。一个十几岁的男孩。我希望让·赫克特从未参照自己儿子的幼年特征来描绘野孩子的扮演者，包括让·皮埃尔·卡戈尔的额头、眼睛和双手。

我肯定宁愿消失，钻进一个老鼠洞里，也不想再次面对父亲的徕卡相机。他随意而且放松，而特吕弗的阿莱弗莱克斯摄影机在他的镜头后面发出嗡嗡的声音。"我儿子天生就适合待在阴影处"，我的父亲常常这样说，这是他保护我的方式。但是看了《野孩子》之后，我发现这个"小男人"的特征是由另一个男人带着柔情塑造出来的，而那个男人就是我的父亲，我感觉自己仿佛被抛弃了。我应该要憎恨让·皮埃尔·卡戈尔，但感谢上帝，从这部电影以后我再也没有听到过人们谈论他了。之后我平静下来：我发现电影里没有任何女演员的近镜头，谜底依然未被揭开。我的母亲，她当然只能是一位著名的演员。在一部主人公只有一个男人和一个孩子的电影里，她怎么可能会出现。

电话铃响了。已经快到晚上九点了。是麦莉丝打来的电话。

"什么时候去罗马？"

我快速地计算了一下。

"两周以后，差不多吧。"

"我坚持不了那么久。快过来找我！"

"在哪里？"

"在莱克朗兰－比塞特尔，7号国道，过了隧道以后，第一个路口左转，你会看到一个高卢人的雕塑。我在那里等你。你快一点……"

"你是一个人吗？"我问。

"是的。他带小孩去参加学校的晚会了。我受够了，你快来。"

我匆忙套上了一件白衬衫，还梳了一下头发，一步四级地冲下楼梯，祝门房女人圣名瞻礼日快乐。"但今天不是我的圣名瞻礼日！"她大声说。一头雾水地站在原地，任凭我拥抱了她。我在蒙帕纳斯的林荫大道上拦下一辆空着的出租车，我冲司机喊道："加速，师傅，这是去绑架！"我们在戈布兰被堵了十分钟，在意大利广场又被堵了十分钟。汽车一点一点地向前挪动，公交车在马路上动弹不得，司机拼命按喇叭，声音震耳欲聋。我愉快的心情转为惶恐不安：假如她的丈夫改变主意了，假如他已经回来了，假如他发现她准备出门，准备去见我。出租车终于挣扎出来，朝维勒瑞夫的方向开去，那是我的父亲告别人世的地方。

"您认为还需要多长时间？"

司机在大后视镜里看了我一眼。

"不超过五分钟就到了，您不要着急。"

我闭上眼睛，听到他打开转向灯的声音时我睁开了眼。汽车减速了。在一座高卢战士雕像旁有张长椅，麦莉丝坐在那里，跟她之前说的一模一样。她穿着一条长及脚踝的轻薄裙子，一件棉质短外套，她没有察觉到纽扣松着。

"你想要去哪里？"

"跳舞！"

出租车重新启动。麦莉丝靠着我蜷缩成一团，我深吸一口气，闻着她头发的香气。她确定司机看不到自己后，把她的一条腿滑到我两条腿之间，她把我的手放在她的裙子里，并示意我什么都不要说。断断续续出现的路灯照亮她的笑容，她的眼睛像赛璐珞制成的娃娃一样闭起来。这是一场成功的绑架。

我们在夜里跳舞跳了好长时间，各类风格的乐队在巴黎都找到了自己的避风港，麦莉丝从一个地方跑到另一个地方。她恣意洒脱地跳舞，毫无保留地大笑。有几次，我在她的耳边小声说："你不想让我送你回家吗？"她反对，腰肢扭动得更加漂亮，两条胳膊紧紧地勾在我的肩膀上。快到凌晨三点的时候，她想去我家。我让她再重复一遍。

"去，你，家。"她把每个词拆开来确定地说。

我们悠然自得地走在路上。她已经变为有血有肉的人了。她轻盈地走着，红棕色大波浪卷发保护着她，在月光下跳着舞，此时我在想如果她消失了，失去她的我是否还能活得下去。

夜色在我敞开的床上熠熠生辉。麦莉丝脱掉鞋子，她把自己的长筒袜一只一只地卷下来褪到脚踝处，动作缓慢，然后从容地把它们留在地上。她躺在床上，修长而且一丝不挂，胳膊放在身体上走兽回窝的那条小径处，手张开着。一会儿工夫，她就不再是一种百花乐园的香味、一种温柔的声音、一种爱抚，或一种像珐琅一样的眼波——被涂抹在西班牙白色颜料上的珐琅。我隐约感觉到她嘴唇上凸起的部分，她口里温热的气息覆盖在我心脏的怦怦声上。她像在出租车里一样闭起眼睛，而我的眼睛睁得很大。麦莉丝忽然剧烈地喘息起来，她挺直脑袋并问我是不是属于她。我想起我们走在卡布尔沙滩上的时候，我说的话。当时我对她说："当有一天我们睡在一起了，就再也无法彼此分开。"她表情惊惶地接受了，然后紧紧地抱着我，一语不发。

我的双手比我的眼睛更深入地探究了这具软绵绵的肉体，我在记忆中描绘着她双肩的弧度、背部的曲线、细腻的肢体连接处、嘴唇和眉毛的弧线、凹陷的腹部，右乳上的三颗小红痣——就像莫卢奇的歌中一样，她的屁股上还有两个椭圆形的棕色的痣，一个在另一个上面一点，我很快就想到给它们命名为科西嘉和撒丁岛。

我的手掌回到她的小腹，长时间地覆在上面。另一只手还在她身上游走，她的皮肤惊人地白皙紧致，光滑得像是在水中显露出来的让人眩晕的倒影。

Chapitre vingt

"我是你的女人。"她在破晓的微光中一边整理裙子一边下定决心说。

她很愉快。已经是早上六点了。

"我去乘出租车，不要送了。"

我还在半梦半醒间，她就走了。我听着她走下楼梯，脚步声渐行渐远，然后就什么也听不见了，只留下欢乐过后第二天的安安静静。她的香味在床单上浮动，在我的耳窝里涌动，后来我在床边找到了一根缠着红棕色发丝的发夹，她还忘了穿她的长筒袜。接下来的日子里，我把这些珍宝收集在一起，放了我的床头柜里，为了让自己相信，我并不是在做梦。

21

Chapitre vingt et un

整整一个星期她都没有打来电话。她的香味还留在我的床上，还有这个发夹，我的信物。麦莉丝在离开的时候告诉我说："我会走在你的梦里，而你的梦都会是蓝色的。"她曾像背书似的给我列举过她所知道的蓝色：翠鸟蓝、甲苯胺蓝、蔚蓝、染色蓝、夜之蓝。应该创造一种麦莉丝蓝，这是一种既温柔又忧伤的蓝色。然而我没有做梦，至少在我醒来的时候，我的梦没有留下任何痕迹。我尽可能地活在现实当中，我需要具体的事物，与电影里的某个女人完全相反。麦莉丝与我肌肤相亲，她是存在的。她曾来过我家。留下缠绕在发夹上的一根头发，一双长筒袜，她的香气和肉体已经印在了我身上。

　　在没有她的这几天里我想到了父亲的一些话。

他讲过光的热度。我不太确定自己是否懂得他想要说什么，也许是我无法理解他热爱的事物，我想，这使他沮丧。他借助自己曾拍摄过的电影对我进行讲解，然而在这段时间里，我故意忽略他的工作，为了更好地向他表示我有多么地想他。那些电影的名字在我看来就像是供词：他引述过《我的小情人》《午后之爱》，还有《母亲与娼妓》，当然，我误以为是《母亲是娼妓》。只有在少数情况下他才会用电子探照灯代替阳光，因为他更喜欢自然的色彩，特别是当这些色彩是暖色的时候。为了引起我的兴趣，他列出了一个长长的名单：秋天的树叶、人们在九月采摘的桃子、彩色胶片里女人的皮肤。"这些都是暖色调。"他说。我点点头。然后他又开始讲冷色调。他了解很多这方面的细节，但我不得不说这是一种毫无新意的想法。冷色调出自蓝色，并且只会出自蓝色。

Chapitre vingt et un

22

Chapitre vingt-deux

我们出发去罗马。一天晚上，当她在电话里低声说"好的"这个词，然后挂断电话的时候，我已经不再抱希望了。时光流逝，我没有再见过她，也没有再听到她的声音，只有一个晚上，她在非常短暂的电话通话中确定好约会的地点。她会于中午十二点左右在阿尔玛咖啡厅等我。我想说"十一点"，以便我们都有充裕的时间，但她已经把听筒放下了。

那一天，她很准时，穿着开满花朵的长裙，沐浴在百花乐园的香氛里，光彩照人。我从未看到过她是如此神采飞扬、如此春风满面、如此笑逐颜开。即便是她的嘴唇也因为小疱疹的消失而显得不再肿胀。如此的欢快之情使我感到心绪不宁。旅行的景色和幸福最终只能孤单、遥远地存在于一个陌生的城市吗？或者她的丈夫得到了某些保证？是的，就是这样，她发誓回来以后会……

"你看起来忧心忡忡的，"她说，"然而我已经很快乐了！"

她的笑容让我感到非常惊讶。他为什么如此轻而易举地就放她离开了？我知道她并没有多少说谎的天赋，但是她说谎了吗？焦虑不安属于我们的爱情，而这个发现使我更加地心慌意乱。我最终释然于麦莉丝的迟到。因为以往的迟到意味着她会为了偷偷飞向我，在家里发动起一场战争。麦莉丝曾是一个习惯迟到的女孩。她忽然变得对约会守时，这让我感受到了一种被辜负的感情，一种虚度时间的悔恨，因为我的心未经过斗争就跳动，不战而败。

一天晚上，我父亲从鸡尾酒会回来，那是一场联美制片公司举办的鸡尾酒会，他为一名路过巴黎的英国女演员而心醉神迷，是他以前在意大利的拍摄中认识的。他曾许诺带我去看这部电影。显然，他忘记了。过了一些年，拉丁区的一家电影院重新上映了这部电影。我在《罗马假日》里发现了奥黛丽·赫本，她可能是一名我理想中的母亲。

经过三十六分钟的十指交错之后，当机场的广播声响起来的时候，我的恐惧烟消云散，这是一种类似于棉花糖和甜牛奶的声音，像是整个人生都铺展在她面前一样，她用意大利语宣布说："罗马 - 费尤米西诺机场，二号口（Roma-Fiumicino, uscita due）。"她把最后一个词的发音拖长，听起来就像是"天赋"（doué）。我决定把我们共度的时光延展成分钟来计算，相反，把我们分开的时间用天来计算。在我看来，这长长的、实实在在的、一分钟接着一分钟的三十六分钟使我几乎忘却了分离的短短三天。后来，我又开始拒绝接受这种心算，而是把每一个共享的小时拆分成几千秒，然后就可以用这些不计其数的秒来对抗没有她的八天，甚至是十五天，我可以一点一滴地享用与麦莉丝在一起的这些被雾化的时间。

夕阳西下。这是一个傍晚，罗马沐浴在橘红色的阳光中，我父亲把这个时段称为奇妙的时刻，是夜晚之前最后的火焰，最神秘莫测，最脆弱易碎，也是在胶片上最难以感光的时刻。我和麦莉丝被带去看一间窗口朝向纳沃纳广场的房间。行李员穿着橙红色的外套，当着我们的面先是打开了冷水龙头，然后又打开了热水龙头，带着某种自豪的感情，一切都好极了。他拉开窗帘让一条天空映进来，指了指电视机的位置，而我们的眼神早已在床上翻滚，还有一束阳光斜斜地打在床上。行李员的脸颊被他的外衣映得通红。还没有到吃晚饭的时间，但是出于人之常情，他猜测到对于情人们来说，罗马是从白床单下面开始的——麦莉丝刚刚掀起了白床单的一角。

第三天晚上，我们不得不与一对外交官夫妇和一位米兰律师共赴晚宴，这位律师自称是莱昂·瓦勒斯贝尔最好的朋友，也是火枪手出版社的资助人。我和麦莉丝避免目光接触，要不然餐桌上就会只剩下我们在远处点燃的这异乎寻常、令人痛苦的欲望之火，这火焰被一堆色彩鲜艳的意大利面和这些外人无穷无尽的长篇大论隔离开来。麦莉丝参与到交谈之中，带着优雅的微笑，点着头，装作感兴趣的样子。有几次，她的眼神停落在我身上，也只不过是电光火石的一瞬间。我们俩最好不要对视，倘若他是我父亲的女演员，那么就不该盯着摄像机看。她快速地避开我，我不再出现在她的视线之中，在她的生命线之中。她的笑容在几厘米之外的地方绽放光彩，对面的律师为这个罗马之夜的新星神魂颠倒。忽然之间，我们离得好远……

自从到了罗马之后，我们便形影不离：洗泡泡浴、在床上吃早餐、吃夜宵——我赶在晚上快到十点的时候，在厨房下班之前点的夜宵。一位穿着蓝色制服的女子小步走进来，低垂着眼帘走向带轮子的餐桌，放下餐盘并小心翼翼地生怕打扰到我们，又像进来的时候一样出去了，当她把一张纸币握在手里的时候，用我们几乎听不到的声音说了一句"非常感谢"，纸币的面额不重要，因为只有麦莉丝才最重要。

这顿晚宴好长啊。她还在那里，我琢磨着麦莉丝是否还在想着这天晚上的卡拉卡拉山丘上的空中花园，而男高音恳求似的、清晰地重复唱着《纳布科》。在最高音的部分，她用恳求的眼神看着我，意思是：我们走吧。她先起身，我跟着她出去。我们肯定编造出了一个合乎礼仪的理由，我忘记是什么理由了，或许我们连最微不足道的借口都没有就站了起来。我们的肉体在互相渴望，我们的躯体在忍受折磨。存在一种能够对此进行描述，并且能够让人接受的措辞吗？律师的妻子用惹人生厌的，像看情妇一样的目光瞥了我们一眼，而此时一位外交官正焦躁不安地在他口袋深处摸索着名片，我们没等他找到就离开了。

在一座夏日宫殿的遗迹后面，我们遇到一辆出租车。本来时间很紧迫，而我却示意司机慢慢开车。在一辆行驶的汽车里，车窗全部打开，任凭黄杨和欧洲夹竹桃的香气涌进来，还有尖瘦柏树的剪影，我想如此一来时间便不会流逝得那么快。一阵轻柔的微风从奥斯蒂港口带来海洋和船坞底部的味道。车灯的光芒悄悄地把这座古老的城市里分散的遗迹切割开来，以便随即把它们遗弃在路上没有灯光的更深沉的黑暗中。

就像在一场黑暗游戏中一样，乳白色的大理石圆柱、罗马斗兽场厚重的主体、矗立在喷泉里的湿漉漉的巨像、喷泉里的水滴飞溅出来，它们突然出现，又即刻消失，还有麦莉丝肉体的欲望，她把衬衫的一只下摆拉了出来，大腿的上部暴露无遗。她的头依偎在我的肩膀上，朱唇微微开启，什么也没说。有时候，外面孤孤单单的一盏路灯照亮了她的脸。播音员在广播里大声叫嚷着比分，这是一个美好的意大利足球之夜。麦莉丝拉起我的手，牵着它走。在我们离开酒店之前，我曾兴致盎然地看着她扭动着腰肢穿上缎子三角内裤，而这会儿内裤已经不见了。"我在晚宴进行当中脱掉的，你什么都没看见吗？"在夜色中，她的笑容弯弯的，露出一口洁白的牙齿。在胯骨的小河湾处，是一蓬金褐色的裸露。她在我的唇角印下一枚滚烫的热吻，又更深地陷入了出租车的后座里面。拉齐奥的一个进球得分掩盖住与我的爱互相配合的第一阵呻吟声。当我正闻着手指尖上残留的味道时，司机用意大利语响亮地喊出"纳沃纳广场"，就好像是他想把我们从一个梦中丢出来一样。

我们走进房间的时候没有开灯。她在床边躺下来，等待着。

第二天早晨，我们渡过台伯河去梵蒂冈。麦莉丝一边唱着歌，一边轻快地走着，肩膀露在外面，脸上唯一的化妆品就是我在她嘴边留下的那些吻。在圣彼得大教堂最下面的台阶上，一个声音把我们拦下。一位穿着饰以羽毛的制服卫兵示意麦莉丝把她裸露在外的皮肤盖住。她把之前系在腰间的天蓝色针织外套穿上，像一个做坏事被发现的小孩子一样大笑。"大家总是怪我穿得太多了。"卫兵气愤的表情使她的心情更加愉快。在大教堂的入口处，我放弃了不现实的祈祷内容：对于一个爱上已婚女子的人，任何宽恕行为都是不可能存在的。我们在长椅上坐了一会儿，一位管风琴演奏者在演奏一曲黑暗乐章，麦莉丝顺势靠在我身上。旁边有一对上了年纪的夫妇，他们用法语低声反复念道："上帝，我们不配接待你，怜悯怜悯我们吧。"我站起来，麦莉丝拉着我的手指，我们一边小心地跳过在大理石上跳舞的光斑，一边走出去。

回到酒店，她往巴黎打了一个电话。我从房间里走出来，我们在大厅里重新汇合。她径直走向一架举办音乐会时使用的钢琴，这架钢琴像是在等着她一样。我们在罗马，忽然间又像是回到了卡布尔。酒吧男侍者硬说麦莉丝是爱尔兰人，我回答说她是法国人。他不相信我。"不，她是爱尔兰那边的人，"他强调说，"我了解这些女孩子……"我放弃了给他纠正错误。他认为麦莉丝是我的妻子，我也什么都没有说。我们在谎言中旅行，在罗马的酒店里喝着诺曼底咖啡，我想象着时间最终会使一本充满着我们的爱情的地理书诞生，书里有很多见证人，他们可以说："是的，他们曾在一起，他们肯定是夫妻。他拥抱她时抱得那么紧，说真的，都可以勒死她。"考虑到那些没有她的日子，我把我们共同生活在一起的分钟和小时用虚线相加，描画出连接凡尘与天堂之间的奇特的跳房子方格。

我认出了这是麦莉丝最喜欢的那首乐曲。大厅中那些交谈中断了，只能听到一些窃窃私语。一位白发苍苍的夫人走过来向我表示祝贺。我能够与一名音乐家生活在一起是多么的幸运啊，因为她能够把可怜的尼诺·罗塔的世界极好地还原。这位夫人对我讲起了她去世的丈夫，还询问我们会逗留多久，问我们能不能去和她一起分享一瓶普里米蒂沃葡萄酒，问我们是否去过奥斯蒂海滩，不幸的帕索里尼就是在那里被发现的……麦莉丝舒缓地弹奏出

《别离开我》，然后她起身，在我面前站定，眼睛一眨不眨。她低声说话的时候只有嘴唇在动："我让他不要来机场接我。"

出发的那天早上，她拉紧长筒袜，连同脸上的线条一起。一个词就会让我们遍体鳞伤。在罗马最后的阳光中，我想到了下雪时的场景。在《慕德家一夜》的最后，我再次看到奥弗涅地区山上的皑皑白雪，我的父亲站在演员们嘴里哈出的气中。

他："你们的嘴唇冰凉。"

她："您的嘴唇也是。"

他："我在用你们的口气说话。"

麦莉丝再次把包合上，站起来，准备妥当，而我已经在等她了。另一段时光开始在我们面前奔跑，那些小时将会不足以把它填满。她已经收拾好她的面霜和她的化妆刷，露出像小女孩一样的笑容。她已经把我在她唇边留下的吻抹除了。她脸色苍白，身体毫发无损，眼睛里透着忧伤，由于近视而朦朦胧胧地看着世界，这样的她能够接受回到自己本来的生活，回到那种极痛苦又幸福的感情状态。在奥利机场，她归来的喜悦让其他人心花怒放。在行李传送带的尽头，人潮涌动的大厅前，一个男人和一个小男孩一起在等待着从意大利航空的航班上走下来的乘客。这个小男孩眼睛特别大，额头饱满，与瞬间松开我的手的那个女人长得一模一样。我仿佛身处电影的慢镜头里，见证着贵族的团聚，一家三口取得胜利，而我仅仅是一个旁观的怪人。麦莉丝只带走了一件手提行李。而我痛苦地保留着一个没说出口的再见，还有一个关乎生死的问题：什么时候再次见面？

在把我载回阿斯特罗莱巷子的出租车上，我感激让·赫克特曾经忘记带我去看《罗马假日》，然而他真的是忘记了吗？我听到他粗声粗气地对我说："不要对希望犯罪。"我很想和麦莉丝讲讲那个不知道在哪里临时充当我母亲角色的女人。出租车按照我的要求绕路经过乞丐电影院。《慕德家一夜》已经下映了，我不假思索地报出我父亲的地址：圣路易岛，比代路，9 号。那个时候，还没有任何东西被化为灰烬。自从他去世以后，单间公寓的钥匙从未离开过我的口袋，我最终没有下定决心卖掉这间公寓。这让我蒙受了不小的损失，因为一位买家

已经付了一笔数目可观的定金，而我却不得不支付
违约金。我还把被雷声震碎的门窗玻璃替换过了，
店家给我装了刷有白色涂料的玻璃窗，就像是战争
年代的消极抵抗一样。

　　房间里空荡荡的，只留下一张办公桌和一个因
为装满照片而不堪重负的架子，此外还有一张沙发
床，墙上挂着十字架，上面是悲伤的耶稣。在浴室
里，我留下了父亲刮胡子用的香皂和他的手动剃须
刀，他会在干燥状态下用这把剃须刀刮掉他的白胡
子，有时候甚至会把自己的皮肤刮破。我还保留了
他的香水，它散发出一种旧书的气息。一个漫长的
周末开始了，有十几张照片摊开在我面前，接下来
的两天，我要开始寻找一张面孔。

Chapitre vingt-deux

23

Chapitre vingt-trois

她独自一人。这是上午十一点。在她身后，有人正弹奏着一首舒缓的乐曲，《月光奏鸣曲》，音符好似蒙蒙细雨一般落在琴键上。这种气氛感染了我，我感觉从此以后我得在雨中寻找麦莉丝了。在拨她的号码之前，我犹豫了很久。她的丈夫很难捉摸。有几天，他决定留在自己家里。麦莉丝在罗马的时候曾跟我说，每次他在家的时候，她都会把电话留言机连通。这天上午，电话铃刚响一声，她就接起来了。

　　"是你吗？"我问。她的声音是如此微弱。

　　"是。"

　　"他走了吗？"

　　"挺早的。"

必须把话从她的嘴里扯出来。麦莉丝，她不再是罗马的那些夜晚中出现在纳沃纳广场的那个情人。

"那么，但是……"

我没有力气继续说下去了。我想问她为什么没有给我打电话，但这是徒劳。她一言不发，音乐还在演奏，涌入了电话听筒中，这是一首夜曲。最终我还是开口了。

"你好吗？"

"除了居伊的悲愤以外，挺好的。"

她讲话带着敌意的讽刺口吻。我几乎喘不过气来，继续说道：

"我们今天见面吗？"

"你确定你想见吗？"

"确定。"

"那不要去你那里。"

"我在我父亲家。"

她被看管着，现在她是如此的冷淡。我约她在花居屿餐厅见面。她保证自己两点钟会到，但是她没有太多时间。我故意迟到了，为了不用等她。老板对我做出一个手势，意思是不，没有人找过我。

Chapitre vingt-trois

我坐在让·赫克特以前经常坐的位置。巴黎的天空碧蓝如洗，一只帆船为巴黎圣母院增光添彩，让人恍然觉得自己置身于海边。

她终于来了。她又翻出了长绒毛大衣，在我面前坐下，没有脱掉厚重的大衣。她的脸颊上有淡淡的玫瑰色的红晕，就像是一个刚刚在下午做完爱的女子。她的眼角眉梢里透着忧愁，浓密的秀发有些散乱，她的妆容像我在红长椅餐馆第一次见到她时一样。她点了一杯柠檬汁。在长久的沉默之后，她看着外面对我说，从罗马回来以后，她已经对自己的丈夫让步了。我拉起她的手，她任凭自己的手无力地垂在我的手心里。然后她低声说："没关系，亲爱的。"

我站起身，让她跟着我走。她并没有试图把手抽回来。我们走出门，我带她朝着我父亲公寓的方向走去。

"你带我去哪里？"她不安地问。

我不想说话。语言对我来说是如此无力，我必须把她紧紧地拥入怀中，必须把失去的她身体的每一厘米重新夺回来。她脱下她的大衣，任其掉落在地上。她伏在我上面，向我伸出双臂并眯起眼睛，因为秋日的阳光映照在玻璃窗上的白色十字上。后来我的意识就模糊了。现在我只记得那一天在点点滴滴的筋疲力尽中结束。阳光的强度减弱了，我无法分清是晚上七点了还是更晚了。

她睡着了。她的头枕在我的手臂上，我的手臂已经失去了知觉，不会为世界上的任何事物而移动。夜晚降临了。我感到口渴，还有点饿。我在麦莉丝的耳边低声告诉她应该回去了，她的家人会担心的。我抚摸着她的脸庞，最后一次把我的手覆在她的小腹上，或许我希望自己能感觉到那里开始孕育着一个孩子。我们在黑暗中穿上衣服，有时候游船上的卤素灯会把这黑暗打碎。我父亲的公寓不适合在夜里居住，比起我们的影子，我们是那么渺小。

麦莉丝打了个电话。一句话就够了："我快到了。"然后她就挂断了电话。她不让我送她下楼。她出门的时候，小声说："下一次，我会把我的睡衣留在这里。"她把这里选定为我们之间风花雪月的住所。我的父亲会怎么想？在办公桌上方的架子上守着的那些女明星们又怎么看待这件事？或许我

Chapitre vingt-trois

在毫不知情的情况下就把我生命中的那两个太阳汇集在了一起。

　　麦莉丝在离开之前，靠近了我。"一年后，我会永远在这里。"房间里太黑了，我看不见她嘴唇的翕动。她消失了。我与她梦幻的诺言留在一起，它把黑暗填满。每当我试着回想起这一刻的时候，我听到的字句却与麦莉丝嘴唇的动作毫不相干，就像是演员在译制片里一样。

24

Chapitre vingt-quatre

一段崭新的生活开始了，它被浓缩在比代路9号的这间公寓里面。麦莉丝一有空就过来，她发现我正全神贯注地研究一份刑事卷宗或翻阅着我父亲的拍摄手册。我在一堆照片之中发现了好几本手册。就是在这个时期，莱昂·瓦勒斯贝尔建议我在家里办公，条件是保持联络。他刚刚招聘了一名新的合伙人，想要让他舒适地安顿下来。事实上，即便是有很多能够真正取胜的机会，我已经没有办法为任何人辩护了。面对着麦莉丝，我能够为我自己辩护吗？我丝毫没有抵抗就让出了我的办公室，等待着莱昂在他自己的办公室旁边整理出另一间办公室。他记下了单间公寓的电话号码，问我是不是搬家了。我回答说这样我可以靠近我的母亲。他没有再说什么。莱昂会避免提出一些他已经知道答案的问题。

　　我没把多少东西带到比代路。我在镶木地板上堆放了几本书，为麦莉丝准备了一条大浴巾。她过来的时候会先淋浴，因为到了晚上她就没有时间了。热水器有点故障，有时会放出一股滚烫或冰凉的水。我听到麦莉丝发出细小的尖叫声，然后她又低声唱起歌来。开始的时候，我想象着她抹去皮肤上她丈夫留下的抚摸。后来我就不再想这件事了。而我呢，我在麦莉丝离开之后都避免淋浴。在接下来的整段时间里，我都能感受到麦莉丝：麦莉丝的香味、麦莉丝的汗水、麦莉丝的眼泪、她的爱抚和她的恐慌焦虑。我相信麦莉丝的身体永远都不会被浸上我的气味。

　　日子一天天地过去，单间公寓里还添置了好几个粗陶花瓶、蓝色玻璃花瓶和透明的花瓶。麦莉丝对花情有独钟。她把花放得到处都是，即便是书里也夹着花，在治疗室里也摆着花——她每周一都要接受治疗，她到最后也保守着这个秘密。她遭受着什么样的痛苦？无论如何，她都在受苦。麦莉丝是

Chapitre vingt-quatre

炼狱中的灵魂。我想象着这是一种致命的疾病，然而她还活着。她说："这没什么。"我相信她。但是有的时候，她看起来像是要碎掉了。她整个人都是苍白的，就连眼白也变得暗淡。她硬说只有我张开的手掌放在她的小腹上才会让她感到宽慰。我装作相信她的样子。她躺下来，变成一个老妇人。后来她仿佛从人世中消失了。

我在很长的一段时间里都没有收到她的任何消息。莱克朗兰－比塞特尔的电话也一直都处于打不通的状态。为了能够挨过白色玻璃窗后面的日日夜夜，我逼迫自己相信没有麦莉丝这个人，她从来都没有存在过。而她一回来，我就追着她问个不休。她厌烦了争执，决定回答我。在莱泰尔讷的一个诊所里，一名医生为她做治疗。她有自己的治疗室、自己的习惯、自己装满鲜花的花瓶，她还声称自己浸润着百花乐园的香气。护士们闭起眼睛。在麦莉丝面前，人们闭起眼睛。

有一天，她约我在马提尼翁大道上的老药房附近见面，她让我保证在她出门的时候不要跟着她。

她要在医生的治疗室住一个星期，而我不知道这个医生的名字。当我决定还是去跟踪她的时候，她已经消失了。我打了咨询电话，接线员告诉我在这个区域没有任何诊所。我决定不会再问什么了。麦莉丝笑意盈盈、精神焕发地回来了。她头发上染的颜色变了。和每一次漫长的分别之后一样，她故意穿着上次告别时穿的那条裙子，相信这个小伎俩能够使我忘记她长久的缺席。

从罗马回来之后的几个星期里，我们只有在每个星期六和星期天分开，有时候还有星期一——当诊所要给她做治疗的时候。有几天，我们从早到晚地躺在沙发床上，阳光温柔地敲打着白色的玻璃窗。我不再知晓拉丁区的电影院里又在重新上映着什么新浪潮电影。我们不再出门。我们不再走动。麦莉丝伏在我身上睡觉，我把自己的呼吸调整成她呼吸的节奏，把花格子旅行毛毯盖在她的背上。时光流逝。一秒钟接着一秒钟，我们变成了一对老夫妻。我熟悉天花板大梁上的每一条纹理，墙壁涂层上参差不齐的地方，窗子旁以前漏水时留下的痕迹。时间把我们吞没了。我们变得透明，只有我们

Chapitre vingt-quatre

才能相互看到彼此。我们不再考虑翻译的问题、书的问题，也不再考虑我母亲的问题，任由她当着她的艺术家。

一天到最后总是以松懈而告终，我不得已动弹了几下，这是信号。麦莉丝睁开眼睛，像一个在熟睡中被惊醒的小女孩一样揉着眼睛。然后她说了一句话，总是这句话："带我离开吧。"

25

Chapitre vingt-cinq

一天一天开始变得相似起来。时间缓缓从我们静止的身体中流过，麦莉丝伏在我的身上，每一次都变得更重一些。我的胸膛上感受到我们寂静无声的恐惧的重量，她害怕留下来，我害怕她消失。我们用我们自己的方式分享着爱情。我流着她的眼泪，她露出我的笑容。我记得有一天早上，她刚到我这儿就像一个生病的孩子一样沉睡了过去。她半侧着的面庞勾勒出了一个完美的椭圆形，我成功地轻轻脱身，给她拍照的渴望在我的脑海中闪现。我父亲的徕卡相机被放在办公桌上的一角，照相机里面是空的，而我根本不知道怎样把胶卷装进去，这也是我从没学过的技能之一，因为以前不想学。我从来都没想过模仿我的父亲，并且在我看来，对一位女子的侵犯是从摄影师的这句话开始的：
"不要动。"

这一天，麦莉丝一直在睡觉。当光开始渐渐地暗淡下去的时候，小夜灯突然熄灭了，接在同一条电路上的音乐也停止了。我悄悄地起身寻找配电箱。配电箱被装在厨房里。为了可以够得到配电箱，我不得不爬上操作台。打开配电箱的小门的时候，我发现这个小箱子里面被挖得又大又深。

我一站在这个秘密藏物处前就忘了要更换断掉的保险丝这件事。里面好几个金属盒子被堆放在一起。公寓里被一片寂静无声笼罩，麦莉丝均匀的呼吸声从中穿过。我是不是会发现被我父亲隐藏在这里的未知的照片，就好像他曾希望与我一起把游戏玩下去？我仿佛听到他对我说："你猜中了！"这是我小时候的场景，他会在我醒来之前小心地把复活节鸡蛋藏起来，我找到那些鸡蛋的时候他就会这么说。我总能成功找到。有一次我对莱昂提起这段回忆，他笑着总结说巧克力比我的母亲更能激励到我。

我早就应该料到，每个盒子里都装着让·赫克特的魔法。一堆各种颜色的小聚光灯、带有两个灯芯的蜡烛、使光变为铜色的一罐罐的红色凝胶，还有用于照亮拂晓时分的蓝色凝胶。有一个盒子里装满了浸透苯胺的灯泡，我知道父亲用这些灯泡来降低灯光的亮度，还有一个盒子，里面只装了一个功率非常强的闪光灯。我看到底座粘着一张标签，知道它曾用于《野孩子》的拍摄。我又发现了几张爱克发彩色胶片，他为一些人留着这些胶片，想用彩色的色调将他们的面孔衬得柔和，除此以外，我还发现了好几个装着灰尘的小袋子。

这个发现使我感到困惑，然而几周之后，我读到他在 1976 年写下的笔记，这解开了我的疑惑。弗朗索瓦·特吕弗曾邀请我的父亲在诺曼底和他重聚，《绿屋》的内景就设在一栋资产阶级的老房子里，出于资金的考虑，必须要找一个最偏僻的地方。我父亲惊讶地发现从阁楼透进来的阳光异常明亮。白日被卡在一个天窗里，而一张张面孔却闪耀着光芒。他要求独自留在现场，等他再次出来的时候，他已经明白在开放的屋顶下飞舞的灰尘粒子与发着光的萤火虫相类似。在 1976 年的手册里，他用简简单单的几个词来记录这个发现："灰尘 =

光。"我想象着我父亲当着几个演员的面，一边把吸尘器里的口袋倒空，一边对他们许诺会有星星出来。

我把让·赫克特的神奇工具放回原处，自己费力地更换保险丝。夜晚降临了。我本可以把那些双灯芯的蜡烛放在麦莉丝周围，并在天花板上拧紧一个浸透苯胺的灯泡。然而在我回到她身边的时候，我被她浓密秀发上闪耀的红色光芒惊得目瞪口呆。"人们不是点燃一场大火"，我的父亲曾写过。在晚上的幽暗的光线中，麦莉丝的头发像一个火场一样燃烧着。

她离开公寓的时候已经很晚了。我知道倘若我留下她，那么我就会失去她。这一夜我把红色之河的场景铭记于心，这条河流从这栋建筑的楼梯上奔流而下，注入到马路上。

Chapitre vingt-cinq

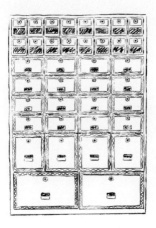

十二月初，麦莉丝要去曼谷参加联合国教科文组织的一场特殊会议。一天早晨，她跟我说了这个消息。我很早就到办公室了，因为我们一致决定要开始回归到自己的工作中。

　　莱昂·瓦勒斯贝尔看到我重新回来工作表现得非常高兴。我惊讶地发现在我不在的时候我的办公室保持着无人占用的状态，莱昂自己整理出一间档案室来安顿新合伙人。

　　我欣然接受了麦莉丝接下来的离开。在我与她丈夫之间远距离的斗争中，倘若麦莉丝离开了，那么似乎就是我占据了优势地位。我预测到自己会在电话中整夜整夜地跟她聊天，我占着电话线，她说她不会厌倦我的声音，我的声音就像我放在她腹部的手一样，使她感到轻松。我相信她爱我。

　　她定在一个星期六的下午出发。我知道航班时间和戴高乐机场出发大厅的号码，都是些没用的信息，因为她的丈夫拥有一辆动力十足的汽车，配有崭新的车标、钩子和钩夹。前一天晚上，我们已经做过爱，就像提前做储备一样。

　　她出发的那天早晨，我在床垫上拾取了几根红色的头发、一个发夹和一只别致的耳环，我想着她是不是故意把耳环留在这里，就像是一个许诺，提醒她会回来。快到中午的时候，我去花居屿餐厅吃午饭。对于这个季节来说，天气还算温和。散步的人们一边沿着河边慢慢行走，一边舔着果汁冰激凌。邻桌的一阵笑声让我战栗起来，那是麦莉丝的笑声，从另外一个女人的喉咙里发出来。飞往曼谷的飞机将在三个小时之后起飞。我渴望见到她，我必须见到她。紧紧拥抱着她的那些个小时，闻着她的味道的那些个小时，闭着眼睛用手指尖抚摸着她的那些个小时，它们全都无法排解此时的渴望。我自以为被麦莉丝装满了，至少可以在数日里独自一人生活。我错了。我不是恋爱了。我是中毒了。对于那些经常出入让·赫克特办公室的女人们，他是否对其中的一位也会这般意乱情迷？也许他收集女人，是为了不爱上其中的任何一个，也就能避免遭受痛苦。

当我到达出发大厅里亚洲方向的等候区时，柜台才刚刚开始办理托运行李。我把双眼隐藏在一副有些过大的太阳眼镜后面，这是莱昂·瓦勒斯贝尔借给我的，他说他还有一副。我们从罗马回来的时候，麦莉丝的丈夫见过我的脸。我不想向他挑衅。麦莉丝不可能认出我，她说自从我们遇见以后，她的近视程度加深了。我在远处看到她坐在一个金属长椅上，在乘客排的队伍附近。我在离她不远的地方坐下来，她的丈夫握着她的双手。她茫然若失地笑了，我觉得她似乎在寻找我。过了一会儿，她知道我来了，而且我就在十米以内的地方，她发誓她能感到我在场。前一天，我用自己的牙齿在她脖子的深处留下一枚小小的红色印记。但是麦莉丝穿了一件扣到领口处的衬衫，看起来她身上没有留下我的痕迹。

他们的嘴唇浅浅地吻了一下，麦莉丝独自一

人朝向海关走去。她的丈夫不慌不忙地一边走，一边回头看她，直到她消失在安检的深色玻璃后面。他从我旁边路过，我无意中发现自己正贪婪地闻着他卷过来的空气，希望着同时也害怕着他身上有麦莉丝的香水味。我在等飞机的起飞时间，有时候，有些飞往亚洲的航班会被取消或延误。然而屏幕上很快就显示出带走麦莉丝的波音飞机的航班号，我回到家中去与她重逢。直到深夜，我还在听着自己录制的磁带，里面是几个月来她在我的电话留言机里留下的消息。每一则录音都是以这样的问题开始的："我心爱的人，你在吗？"

Chapitre vingt-six

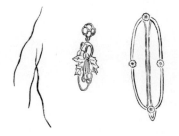

十天过去了。麦莉丝在曼谷日渐枯萎。每天晚上，我都给她打电话打到很晚。线路里有回声，她的声音带着略微的延迟到达我这里。有时候我们的话语会重叠在一起。我们会在几秒钟里什么都不敢说，因为害怕对方的一个词丢失掉。伴随着沉默，用其他难懂的语言进行的对话趁机混了进来。

　　一天晚上，麦莉丝对我宣布说她决心已定。她想要与她的日常生活，与谎言保持距离。一名司机要带她深入到那个国家的内地，在我试图劝阻她的时候，电话被切断了。我想要再次给她打电话。电话里面不停地提示忙线，然后就完全中断了。已经快到午夜了，我在烦乱不安中离开了奥尔良河堤，坐上等在巴黎圣母院旁边的第一辆出租车。出租车把我载到卢浮宫的邮局,那里的办事处整夜开放。为了与泰国重新接通电话,我天真地希望公共服务的电缆比私人电话线路更加顽强……

　　当我推开厚重的玻璃门时,我意识到大部分电话机都被占了。各国的口音混杂在一起。在灰色大理石的巨大墙面之内,人们说着阿拉伯语、意大利语、阿根廷语。有时候,会有一两个词清晰地凸显出来,"我们去吧"(andiamo),"我的爱人"(meine Liebe)。这是一家之主往故乡打电话的时刻,是恋爱中的人给自己的未婚妻打电话的时刻。有些人只是听着电话听筒里的声音,他们闭着眼睛,像睡着了一样,不时地发出嗯嗯啊啊的声音,无疑是表示他们还在线。还有一些人在大声叫喊着,重复着这样的话:每台电话用完都要付现金,一直都这样。还有一些人在微笑着,幻想着电话线另一边的人能够看见他们的脸,当他们和年幼的孩子说话的时候,他们的音色变得温柔,就像面对着七只小羊羔的狼一样。

　　每隔一段时间门就会打开,会有一些脸色苍白的访客进来,他们手指间紧紧抓着一封信,可能是在紧急情况下写下来的。除了火烧火燎地把这封书信投进邮筒以外，没有什么事情更为紧急。卢浮宫的邮局以夜间开邮筒取信而闻名于世，这是巴黎唯一一家夜间开邮筒的邮局，或许也是世界上唯一的一家。

随着时间快到清晨，那些交谈的节奏变得更为缓慢。人们在窃窃私语。全世界的恋人都在慢慢地花着时间，时区变得模糊不清，相互交错。白天不再存在，夜晚也不再存在，存在的只有声音，它们穿越大海山峦，穿越失去的恐惧，相互抚慰。

我要求转接麦莉丝在曼谷使用的电话号码，但是需要耐心等一会儿。几个男人在秘密交谈着摩纳哥或安道尔发行的系列邮票，集邮者的吵嚷声变大，他们相互交换着圣皮埃尔岛和密克隆岛的邮票、阿丽亚娜号火箭在法属圭亚那的库鲁成功发射的"首日封"。

我的后面竖立着一面全是邮筒的墙。我试图认出那些地址被译成数字的信箱主人，我想象着他们是商人，或者是一些从事着秘密职业的人，比如说批量生产侦探小说的作者。还有情人不得不在这里邮寄私密的信笺，这些信笺在这里沉睡数周，有时候是数年，等待着它们的收件人。还有一些意外、变故、报仇、断交。这面金属墙突然在我眼里变成没有用的记忆的崩塌。我感到疲倦了。

快到三点钟的时候，电话打通了。麦莉丝确定我能成功地把电话打给她，她一直在等我。当我挂断电话时，已经是破晓时分。一缕缕阳光落在马路上，带着点微蓝的颜色，就像我父亲在拍摄中使用的丙烷瓶子里的火焰——对于一些从一开始就缺乏资金的电影，他在拍摄工作中会使用这种方法。我对麦莉丝说："回来吧。"这一夜的卢浮宫宛若巴别塔，在各种嘈杂的喃喃细语之中，她用最震撼人心的词语回答道："好。"

Chapitre vingt-sept

28

Chapitre vingt-huit

次日黎明，她穿着一件丝质裙子回来了，那条裙子是她从曼谷市场里一个中国老妇人那里购买的。莱昂·瓦勒斯贝尔把他的汽车借给了我，我开去戴高乐机场接麦莉丝，她的丈夫和儿子还在等着她八天之后回来。他们去了都兰地区的朋友家。我们面前铺展着很多个小时、很多个夜晚。

我向机场方向驶去，当我把车开到卢森堡公园附近的时候，一个醉鬼把一颗石子扔向一侧的车窗玻璃。没有一家修车行能在短时间内把玻璃换好。我用颤抖的手捡起掉在座位上的玻璃碎片。就在我急急忙忙想把一切处理干净的时候，手指被割破了。这个事故在我看来不是一个好兆头，我害怕没有什么是按照预期发展的，害怕麦莉丝没有乘飞机，或者她的丈夫凭借第六感在等着她，战争即将爆发。然而她准时到达了，独自一人，我的焦虑瞬间烟消云散。

麦莉丝回来的这天早晨，天气很温和。我故意把车开得很慢，为了不让风刮在她的脸上。她闭起眼睛，头倾向一旁。从戴高乐机场出来以后，我朝着高耸的蒙帕纳斯大厦的方向随性地开着车。之前麦莉丝在电话里对我说想要在一家带有花园的酒店里睡觉。我不知道巴黎哪里有带花园的酒店。在翻着旅行指南的时候，我停在卡带路靠近圣叙尔比斯广场附近的一个古老的建筑那一页。在照片上能看到一个环绕着常春藤、风信子和海芋的内部庭院。

我们到达夏特莱附近。麦莉丝的头枕在我的大腿上，我避免去动变速杆。我感受到她吹在我手上的气息。我抚摸着她凌乱的秀发，闻起来有甜杏仁和东方香水的味道。她贴着我蜷缩起来，我问她冷不冷，她睡着了。

酒店的门卫帮我把她的行李搬下车。麦莉丝带了一个帆布手提包和一个米色且带有金色铆钉的箱子。我们穿过会客厅，数盏凸肚灯把灯光投在那

Chapitre vingt-huit

些富有光泽的茶几上，上面铺着好几本《国际先驱论坛报》。我们不是在巴黎，我是在世界的尽头与麦莉丝重聚。一阵瀑布似的水声传到我们的耳朵里，花园中间矗立着一座引人注目的石头喷泉。配有取暖器的玻璃天棚使酒店的客人们能够在室外享用午餐。花园被高高的墙壁环绕起来，墙壁上覆盖着繁茂的常春藤，跟旅游指南上面的照片里的场景一样。我们的房间与花园在同一层，我拉上了百叶窗，总是能听到小瀑布的潺潺流水声。麦莉丝脱掉衣服，她贴着我重新入睡的时候只穿着一件睡衣上装。房间陷入半明半暗之中，浅淡的光从百叶窗多处缝隙中漏了过来，这与新浪潮时期某些电影里的光是一样的，当时我的父亲用石英灯处理照明技术的问题。水流声是让人安心的音乐，浸润着麦莉丝的睡梦。这一次，我也感到昏昏欲睡。

叫醒我的是她的声音。她正在和别人打电话。"他在这里，"她说，"我们会生几个孩子，好多孩子……他们会像他一样戴着眼镜，像伍迪·艾伦一样。"她笑了："亲亲。是的，非常幸福。"然后她就挂断了电话。她在和谁说话？她的眼睛闪耀着光芒，就像是夜里汽车前灯照到的猫的眼睛一样。外面的客人们在吃早餐。我们听到他们沉闷的说话声，报纸和书页在穿堂风中的窸窸窣窣的声音。麦莉丝把我的注意力吸引了过去。我复习我的地理学——乳房上的三颗小红痣、科西嘉和撒丁岛。

有人敲门。麦莉丝灵巧地把被单拉在自己身上。我起来了。是服务员想来整理床铺，我跟她说现在不行。她问我们想不想在早餐服务时间结束之前喝点或者吃点什么，很快就要到十点了。"面包干和果酱、茶和一杯鲜榨橙汁。"麦莉丝低声说。我们任凭百叶窗拉下来，早餐托盘被送过来了。而后没有人再过来。我靠着麦莉丝的肚子半梦半醒，用于弥补等待她时无休无眠的时间，以及整夜与她通着巴黎到曼谷的电话的时间。

时间缓缓流逝。外面，黑暗笼罩住整个花园。安静放大了水流在石头上的声音，拉开一扇百叶窗，我看见月亮高高地挂在纯净的天空上。会客厅里，一个小乐队在演奏着舒缓的乐曲。世界上仅有的一对情侣在跳着舞。麦莉丝在呢喃细语，她想要知道我是不是属于她。我回答说是的。我们相互属于、相互依靠、肉体相互纠缠交错在一起。我在哪里读到过，说人类的心脏在一生中能够跳动四十亿次？我希望麦莉丝的心跳慢下来，她的心跳像一只贴着我超速击打的鼓。麦莉丝像灯芯一样在消耗着自己。

Chapitre vingt-neuf

第二天早晨，她决定说：

"我们回家。"

"哪个家？"

"我家。"

"但那不是家！"我回答说。

麦莉丝叹了口气。

"我希望我家变成我们家。"

本来应该拒绝的。

我们在中午十二点之前到达。她拉开百叶窗，然后向摆在客厅中间的钢琴扑了过去。

"我好想要音乐！"麦莉丝大声说。

我避免把自己的目光聚焦在物体上面。我不想看见壁炉上方的大理石台面上摆放的相框，里面有她丈夫的脸。我不想看见他放在门厅里的那些皮鞋、打猎装、网球拍。我不想从门缝中看见他们的床。我不想看见麦莉丝的日常生活，尤其是当她离开我是为了回到这里。然而当钢琴声响起来的时候，我看到了这一切，还有其他无数的细节。

"睡觉吧，要是你愿意的话。"她指着沙发说。

我像一个自动木偶一样听话。我脱掉自己的皮鞋，应该尝试着用平常的睡姿睡觉。我先是像一只猎狗一样躺着，然后再伸展开来，眼睛盯着天花板。我看着这片洁白的天花板的中央，这样就不会不小心看到她丈夫的手表被丢在一个银色的托盘上——一只表盘宽大、标着罗马数字的手表。天花板上有几处裂缝，几张蜘蛛网悬挂在角落里。挂式分枝吊灯在轻轻地摇晃，是被马勒的音乐声震动到，还是受我们呼吸的影响？我找回了一点轻松的感觉。我的父亲总是检查天花板，希望着能在上面装上他的小聚光灯或能射出一束束光的灯。当我还是个孩子的时候，他曾带我去位于蒙特勒伊的乔治·梅里爱工作室。我还记得破裂的彩画大玻璃窗，天光从这里倾泻而入。在让·赫克特的眼中，天花板是光明的一个潜在来源。我像他一样仰起头，却只能更清楚地看见自己在空中的鼻子。

旁边的墙上用黑色的线悬挂着一个娃娃，它的身体是布做的，脸是陶瓷做的。它用空洞的表情注视着我。我想如果我在这个房子里停留得太久，经常在这里脱掉自己的皮鞋，那么我最终会变成这样的战利品。我想离开。就在我坐起来之前，麦莉丝趴在了我的身上，把她的嘴唇印在了我的嘴唇上。

"你不在这里和我做爱吗？"她用不安的口吻说到。

然后，她不说话了，眼睛闭起来，她的嘴唇由于急躁重新变得饱满丰盈。《老虎更好看》。这个书名在我的脑中一闪而过。她真的好美，被肉体的快感挑逗成红棕色的老虎。布娃娃在监视着我们。有时候在夜里，我还把关于麦莉丝的记忆紧紧地拥入怀中。但是我看见的是一个彩陶做的未婚妻，是这个没有名字的娃娃的空洞的目光，还有麦莉丝肚子上和手腕上的那些细小的伤疤，她就像是一个要被沿着虚线撕碎的女人。

30

Chapitre trente

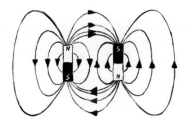

她的丈夫终于带着他们的小男孩从都兰地区回来了。但是这种危险的生活没有停止，因为麦莉丝最喜欢玩火。每天晚上，我在他们回来之前离开位于莱克朗兰－比塞特尔的房子。麦莉丝问："你明天会来吗？"我的本能说："不。"我的嘴巴说："是。"我的心说："是。"我的肚子说："是。"我的双手、我的皮肤、我的性器官，所有的一切都在回答说："是，是，是。"我来了。我又来了。有时候，倘若我问起麦莉丝我们以后在一起的生活，她像在陈述一个事实般说道："我亲爱的，既然你在这里，我为什么还要来？"

　　我在自己家。只有在白天，在她丈夫上班的那些个小时，在她儿子上学的那些个小时，把这些小时首尾相接，就能组成一种生活。一种古怪的生活。麦莉丝想要支配我，把我置于股掌之间。我是她钢琴上一个额外的琴键，是一个非常私人的音调，是一个幽灵，因为没有人能看见我，此外她真的看见我了吗？我们之间建立起一种法则。每天早晨，我离开圣路易岛，出发去莱克朗兰－比塞特尔。然后我在一个电话亭里打电话，如果连通电话留言机，那就意味着他在家。他表示反感。他在抵抗。他在把玩标着罗马数字的手表，令人痛苦的时间，被消磨的时间。

我买了一份报纸，喝了一杯咖啡。我感觉到心脏在我的皮肤下面到处跳动，而不再是局限于我的肋骨铺就的烤架区域，我的额头和嘴唇上方沁出一滴滴的汗水。我再一次地拨出了麦莉丝的电话号码，电话铃响起第一声的时候，我的血液倒流回去。很快就能看见她素面朝天的脸，仅在眼角打了一点闪粉。沙发上会有爱欲横流，她的反应像老虎一样，我的存在像幽灵一样，娃娃像沉默的同谋。而拉开这帷幕的就是她半透明的声音，她释放出一个信号："来吧。"有一天，电话留言机在整个上午

Chapitre trente

都连通着。我返回到圣路易岛。晚一些的时候，她给我打了电话。她的丈夫觉察到了我们之间的关系的性质，威胁她说要自杀。这是一个不接电话的好理由。

漫长的数天过去了。麦莉丝在镜子冰冷的陪伴中生活。客厅里的墙上贴满了镜子，而她努力不去看镜中的自己，她认为她会从镜子中看到自己在变老。她说："我每一分钟都会变老。"她的大事就是死亡。她的嘴边总挂着破碎的命运；阿黛尔·雨果、弗吉尼亚·伍尔芙、马丁·伊登，似乎这些人活着就是为了让死亡的时间提前到来。她忍受着不治之症的痛苦，这痛苦推动着某些女人总是想要离开她们自己所在的地方，去生活在别处。她寻找让人感到疼痛的文字来阅读。倘若我问她在读些什么，她会引用一位忘了名字的作家的一句话来回答："很久以来，我的枕边书就是一把手枪。"

她在各个房间里走来走去，带着她颓败的声音，她的沉默和她的忧愁。白昼在一条即将断掉的线上延伸。"我感觉脑袋里有好多把匕首。"她在把我推出门的时候说。我请求缓刑。她给她的丈夫打电话:"亲爱的,去买点面包,把小家伙从学校里接回来。"我们赢得了二十分钟,或者更久。她紧紧地抱住我,我们开始享用我们的分别套餐。然后我抽离开来。我一动不动地站在她面前,控制着自己不去触碰她。我看着她,我看着麦莉丝,就像人们看演出时一样,在幕布落下来之前对艺术家鼓掌欢呼。我跟跟跄跄地走回家。

　　我常常试想着在莱克朗兰－比塞特尔的警察局门前停下脚步,因为建筑物正面的墙上用螺丝钉固定着一块珐琅牌子,上面写着:"救助伤员。"有几天上午,因为害怕听到电话留言机接通的声音,我避免给她打电话。我再次拿出麦莉丝以前写给我的信札和她约我在孚日广场或卢森堡公园的草地上见面时留的短笺。我把短笺装在口袋里,按照上面约定的时间赶到,确信那一天找不到她。我孤身一人坐在一张长椅上,内心安宁,就是在这种孤独感中,在缺失的最深处,我感到自己离她最近。然后我坚持不住了,我的双手需要她的双手,我的皮肤需要她的皮肤,我跳上一列开往莱克朗兰－比塞特尔的地铁。我为自己如此薄弱的意志而感到愤怒,

Chapitre trente

却又对推开那扇几乎是我家的大门的时间还不算太晚而感到高兴。

　　每天上午的这个时间，我都会练习舒展眉毛，为了祛除把我的额头划分开的竖直的皱纹，这条皱纹就像是达摩克利斯剑留下的伤口或者是罗兰在奥雷亚加的战壕。我充满怀疑地凝视着自己。我长得像艾德·波丽托弗吗？还是像在拍摄《萝拉》时扮演小酒馆里的舞者的阿努克·艾梅（"他，这是一个意外吗？"情夫在说到那个金色头发的小男孩时问。"如果你愿意这样认为的话。"萝拉回答说。"妈妈，你说，我会得到我的喇叭吗？"孩子不安地询问）。我的样子像这么多女演员，以至于最终我谁也不像。

　　我最近处理的几起诉讼让莱昂·瓦勒斯贝尔很满意，至少他是这样让我以为的。我变得不那么守时，工作变成了一项业余爱好，我是知道的。我请求放一个假，以便试着去写我的书。莱昂不冷不热地批准了，就像是给犯人判处缓刑一样。

　　这一天，麦莉丝和我，我们没有力气分开。数小时就在音乐和爱抚中飞逝，音符在她的手指下面倾泻而出。我还记得贝多芬的一首奏鸣曲、一支印度长笛气喘吁吁的怨声、悬挂在窗边的夜色。我预计她的丈夫会从大门冲进来，后面跟着一个小男孩。他会发现我们筋疲力尽地纠缠在一起。

这一天晚上，麦莉丝用小伎俩推迟了她丈夫回来的时间，我们无所顾忌、赤身裸体地交合在一起，一对像磁铁一样的情人。然而悲剧赦免了我们，就像是一场没有落下来的暴雨，让之后没有受伤的心变得更加沉重。最终，我出来了，沿着门口路上的人行道走着。稀稀落落的路灯发出暗淡的光。我面前出现了一个人影，接着又出现了另一个更小的影子。她的丈夫和孩子回家了。夜色中，能够看到他们眼中白色的部分，他们眼中闪耀的光芒。他们回家去找麦莉丝。她会把我隐藏在她眼睛的地牢里面，她会把我的味道和话语抹除。那个男人走在自己的路上，他没有看我一眼，他对麦莉丝的爱远远地超越了他的自尊。

Chapitre trente

31

Chapitre trente et un

我活在生活的背面。每天晚上，我刚刚回到比代路上的单间公寓就开始弥补虚度的光阴——没有阅读、没有工作、不再给任何一位朋友打电话、什么都不吃或者吃得很少。在这期间我会看一部电影，随意地翻看一份晚报。世界没有我还在运转。我与现实在不停地脱节，而且对从头梳理事情的进展无能为力。我没有离开巴黎，却已经换了时区。我在夜里不眠不休，白天与麦莉丝一起温柔地坠落到黑暗中。我不确定我的父亲会欣赏我黑白颠倒的生活。无论如何，这是我自己的事情。

　　倘若想起不久之前的这段时期，我感觉自己像一个瘾君子。我唯一的欲望叫作麦莉丝，我宁愿选择死也不想让这种欲望离开我。我们拉上她家里的百叶窗，在客厅里的沙发上纠缠在一起，我们的手和梦混合在一起，我的双手轻轻地放在她的身上，而她的梦落在我的身上。如果我们饿了，她会拿出一个苹果，把它拦腰切开，先让我欣赏苹果核组成的那个星星。从百叶窗里漏过来的阳光照在刀上闪闪发光。她故意把每一粒苹果籽挑出来，一边做鬼脸一边咀嚼。她告诉我这样可以尝到苹果籽苦涩的味道，还有里面藏着的小剂量的氰化物。继夏娃之后，麦莉丝肯定是第一个对抗禁果中包含的危险的女人。

我们再次跌入到昏昏沉沉之中。一些画面鱼贯而行，跟醒着的梦相类似。在一座法式花园中，我独自穿过一条长长的小径。一些人坐在长椅上交谈，我觉得他们似曾相识，来自我童年时代的某些地方。我路过的时候，他们停止了交谈，并且谴责似的、严厉地看着我。我尝试着跟他们说话，然而嘴里却吐不出一个词。我离开了。他们像什么事都没发生一样继续他们的谈话。还有一些面孔出现了，很久没见到的朋友、看不清脸部轮廓的一个女人的身影，那是阿努克·艾梅、安娜·卡里娜还是

Chapitre trente et un

弗朗索瓦·朵列？她对我说话，我什么都听不到。我睁开眼睛，在幽暗的光线中隐约看到一张陶瓷做的面孔。是那个布娃娃，带着麦莉丝的表情。我的整个人都浸润着她的香味，我闻到了百花乐园的味道，这与那一天她送给我的《萨朗波》的书页切口处的味道一样。我变成了房子里的一件物品，就是那一束束的花，她把花束放在没有水的大花瓶里任由它们干枯，然后把它们头朝下挂在墙上。是时候该离开了，应该考虑不要再回来了。

地铁把我重新带回了生活里，还有一些画面浮现在我的脑海中。一对对老夫妻走过我身旁，嘴边带着淡淡的微笑。他们的步履是如此缓慢，以至于我能认认真真地注视着他们。我在他们身上寻找着已经治愈的激情。然后我随机地问一对夫妻："你们是怎么成功的？那些痛苦、缺失、对死亡的渴望都去了哪里？"他们无动于衷，嘴边带着淡淡的微笑，我向他们描述了麦莉丝，尤其是麦莉丝的目光。我坚持问下去："面对这样的目光，如果是您，您会怎么做？"当我还是个孩子的时候，当我被迫跟着父亲去到拍摄现场，他让我小心碳弧气刨炬，对眼睛有危险。"不要离得太近。"他对我喊，我却从来都不太理解他是想要我远离他还是灯光，而他和灯光最后总是合二为一。在两个地铁站之间，我想到麦莉丝，我对自己重复说着让·赫克特的话："不要离得太近。"我从口袋里掏出我的眼罩，它是西班牙国家航空公司发的。然而在深暗的布料下面，麦莉丝灼灼的目光仍然在闪闪发亮。

Chapitre trente et un

32

Chapitre trente-deux

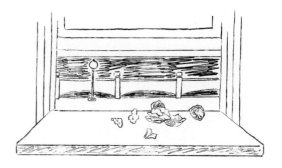

一天早晨，在比代路，我决定再也不去那边了。我待在自己的床上。没有东西吃了。快到中午的时候，我坐在厨房的凳子上，利用玻璃窗把陈旧的坚果夹碎，就像查尔斯·布朗森在《雨中的乘客》里一样。

33

Chapitre trente-trois

春日初始。我开始阅读西默农的一本小说，名为《香蕉游客》。我还读了另一本书，我忘记了书名，那是一个关于在海峡里的船和溺水者的故事。最后我读了《梅格雷的消遣》和《梅格雷与圣菲亚克公爵夫人》。当给麦莉丝打电话的渴望闪现的时候，我会紧紧地扣住小说中的情节。梅格雷慢慢地布下圈套，我非常欣赏这种慢条斯理，我逐渐变为西默农笔下的那些模糊身影中的一个，在自己的身体里犹豫不决。不接响个不停的电话，我必然会感到自责。麦莉丝焦虑不安。她还会对谁如此地坚持？

我最终拔掉了电话机的插头。梅格雷说得有道理，凶手就在这间屋子里。我把自己的头紧紧地按在枕头上，我正在用这种方式杀死一种强烈的情欲。要有合适的方法。我想：麦莉丝抱着电话不放手。我仿佛看到电话线另一端无精打采的躯体。爱上一个极度痛苦的情人是会传染的，梅格雷想要知道我能不能调整好我的日程表。我已经陷入第二个阶段，一些不适宜的细节涌现出来。我沿着麦莉丝的腿能清晰地辨认出皮肤下面细小的血管，类似于一条地下河的支流。地理学是我的短板。我曾分毫不差地描绘着麦莉丝这张地图。为了能够痊愈，我需要的时间不止一天，或许要一个世纪吧。

西默农留给了我足够多的书去阅读。我拥有他全部的作品，这是我父亲唯一签名的遗产，空白处标注着《费尔肖家的老大》，他是那部电影的首席摄影师。在《海港的玛丽》中，他曾强调过这个很像是他说出来的短小的句子："人们总是太早开灯。"我不知道我的断奶期还要延续多久。有一天，我重新接上我的电话。电话铃立刻响了。我感到自己很强大。"真相，就是没有我你无法活下去。"麦莉丝坚持。我回答说："那么真相就不是真的。"我感觉自己真的很强大。一个小时之后，我在她的客厅中央失败了。布娃娃投来的目光前所未有的空洞。这是我第一次复发，还是白天，但是那些灯已经发散出悲凉的光。

34

Chapitre trente-quatre

飞机飞过天使湾。在父亲的一个手册上，我找到了一些模模糊糊的指示，或许能把我带到寻找母亲的线索上。其实我是用这个借口来摆脱麦莉丝。我在机场赶上第一辆出租车，要求载我去维克托里娜。司机在后视镜里看着我。

"你是电视里的人吗？"

"不。我来看看摄影棚是什么样子。"

"那么你会失望的！"

我降下车窗玻璃。在尼斯，已经是夏天了。

"上面什么都没有了，"这个人继续说，"自从租约开始，他们把所有的东西都搬走了，现在他们在拍小成本的电视节目。您确定要上去吗？"

"确定。"

"第一次来这里吗？"

"是的。"

"你想走上海路（la route de Shanghai）还是直接过去？"

上海路。我知道这个词组，然而它来自那么遥远的地方，我花了点时间才弄明白。我的父亲曾经会使用这个词。或许他是在尼斯学到的这个词，在这些喜欢蒙骗的出租车中的某一辆里面学到的。在习惯乘坐配有司机的专车前，当我们一起乘坐巴黎的出租车的时候，他会说出目的地，并不容置辩地一口气补充说："尤其不能走上海路。"这是他暗示给司机的路线——最短的路线是最好的。

"如果走上海路能经过英国人散步大道，就从那里走吧。"我回答说。

这个人表示赞同，并且很高兴可以绕路。我们在内格雷斯科酒店和鲁尔赌场前疾驰而过，一直开到城堡，然后绕半圈返回到维克托里娜方向。我在让·赫克特的手册上读到了什么如此振奋人心的东西？没什么重要的东西。仅仅是提到了1964年的春天他在尼斯的摄影棚逗留过，还有这样的记录：

"订一间双人间"。据我所知，父亲此外没有提到过情侣间的旅行。然而我并不知道他曾住在哪家酒店，而且谁会保存着三十多年前破旧的登记簿呢？

"我们到了。"出租车司机把车停在一排栅栏前。"您最好还是往这个方向看。"

他指向屋顶后面，地中海显露出来一片蔚蓝。

"我晚些时候会去那边。"我允诺说。

"您要赶紧了，游览很早就会结束，何况现在不是季节。"

我付了钱，然后轻轻地迈下车。在平日里的这个时间，我是麦莉丝驯服的玩物。即便维克托里娜这里没有什么东西可看，这个没什么本身就已经意味着一些事情了。

司机说得对。昔日电影的上流之地变为了库房。游泳池已经被拆毁。《犯罪大道》的装饰仅仅残存在一张贴在墙上的巨大的照片上，挂在接待处的大厅里。其他的一切了无生气。远处的墙上，几个牌子指示着一档娱乐节目的直播拍摄。原来是因为这个，司机把我当作出现在电视里的一个男人。我没有留意到一个守门人向我走了过来，身后跟着一条患有关节病的老狗。

"您不能再往里面走了，"这个男人用嘶哑的声音说，"主管指示禁止外人入内。"

他靠近我，近到把充满着劣质开胃酒的气味喷到了我身上。他大约五十岁或者七十岁，与演员经常接触似乎教会了他隐藏自己的年龄，或者让他看起来既像五十岁又像七十岁。他与自己的狗很像，特别是眼神。一道深刻的皱纹横穿过他的右脸颊，像一条刀疤。他看起来是一个好人，迫切地需要对别人倾诉，只要是人们合乎礼节——意思是时间和茴香酒的剂量。

"您这边很暖和。"我开始说话，为了能够展开对话。

"巴黎人吗？"

"是的。"

狗小声叫了几声。

"好吧，卡里，我们走吧。它老了。走到太阳下面，连这个它都做不到。您应该看看它从前的样子。一些来访者打听《天堂的孩子》，卡里就把那几个人带过去了，我都不用动一下我的椅子。我把所有电影的名字和摄影棚的位置都教给它了。彼得·乌斯蒂诺夫的《兰黛夫人》，这是在最后一条林荫路上拍的第三个预制电影。弗朗索瓦·特吕弗的《日以作夜》中的游泳池在变压器后面的小山丘上。要找阿尔弗雷德·希区柯克的《捉贼记》，在游泳池前面左转，沿着《犯罪大道》走，您就到了……总之，您就到了。后来，他们垮了，而现在卡里患了关节炎。更准确地说，这是卡里七世。在它之前还有六只狗，我给它们全部取名叫卡里·格兰特，我还有它和它们祖父的合影，它在祖父怀里，那时它还是一个小毛球。你还是过来阴凉处吧，这里要晒死了。"

我之前没有留意到他走起路来有一点跛，他是靠着一根油橄榄树的树枝制成的拐杖支撑着走路的。他用小丑般的步态走在我前面，这种步态他已练习多年，早已炉火纯青，像一个蹩脚的喜剧演员在长廊里重复着花样伎俩。他在自己简陋的窝棚里招待我，里面的墙上贴满了和费尔南代尔、雷米、提诺·罗西在一起时的回忆。

"你对这里的什么感兴趣？"他问。

我取出哈考特工作室为父亲拍摄的一张小尺寸的照片，作为回答。他双手捧着照片陷入了漫长的沉默中。然后他像个行家一样点点头。

　　"我见过这个人。"守门人得出结论。"但是至少要往前推二十年。"

　　"至少，是的。"

　　"等我看看。让·赫克特，就是他。首席摄影师，对灯光那方面很在行。我猜中了，对吗？"

　　"他是我父亲。"

　　这个人仔仔细细地打量着我。

　　"您长得可不像他。"他咕哝着，一副怀疑的样子。

　　"我的五官都像我母亲。"我这样说是希望能够唤醒他模糊的记忆。

　　"我不知道让·赫克特结婚了。他经常来这里，总是带着同一个女孩，我说这个不是为了让你难过。此外，他很专业。他要找光线替身，而且要根据当时的明星来找，所以替身总是在换。有时候他会对我说：让诺，给我找一个像凯瑟琳·德纳芙一样的女孩，或者像让娜·莫罗一样的女孩，或者像罗密·施奈德一样的女孩。您想想这个容易吗！我寻遍莎莱雅广场上所有的露天咖啡座，就为了能觅得一只那样珍贵的鸟儿。"

"灯光替身？"我问，毫不遮掩自己的惊讶。

"那个时候，首席摄影师要花个把钟头布置他们的照明设备。明星们不愿意站在那里干等，就为了知道灯光能不能准确地照在她们身上。所以我们要找替身，替身的脸蛋不一定与明星相仿，但是身形要像。那些大明星们通常都有自己专门的灯光替身，是一些二线的演员，他们希望有一天能来到镜子的另一边。但是有时候会有一些意想不到的情况出现，当场就需要替身。我能给您列举出好多部电影，里面半明半暗的场景并不是演员本人拍摄的，而是由他的替身演的。"

正当守门人滔滔不绝地解释，并为俘获一名听众而得意忘形的时候，我的思绪开始飘忽不定。我想象着我的父亲和一些年轻的女子们在一起，他向她们许诺说她们会成为大银幕里的明日之星。他根据她们的外形进行挑选——凯瑟琳·德纳芙的秀发、阿努克·艾梅的肤色、安娜·卡里娜的步态。

"您问我让·赫克特来尼斯的时候住在哪里，我也没有办法回答。"这个外号叫让诺的男人遗憾地说，"我要给您看点您可能会感兴趣的东西，跟我来。"

我们从屋里走到太阳下面。他磕磕绊绊地走向一间黑色铁皮库房，这间库房看起来像是逃过了拍摄现场的蹂躏。狗一边喘着粗气一边跟着我们。

"不要跑太快了，卡里！"守门人大喊，"你要用鼻子吸，那是你熟悉的气味，安静下来。"

然后他转向我的方向：

"我从来没有再带任何人来过这里。这里像一个杂物堆放处，都是过去的古董。人们只想看拍电视的摄影棚，他们想象不出这里曾经拍摄过什么。真不幸，这是记忆的丢失，让我以为阿尔茨海默病是一种会传染的疾病。维克托里娜，任何人都不再对它感兴趣。请进吧。"

他在金属的哗啦声中推开一扇拉门，我要用几秒钟才能适应里面的黑暗。一些黑乎乎的东西占据了所有的空间。成批成批的巨型的灯都被升起到钢铁三角支架上。

Chapitre trente-quatre

"这些是弗雷内尔透镜。"让诺骄傲地宣称,"这些是摄影棚里的古董,第一批是在三十年代初到的,比我来得还要早。有些还被用来拍摄过《日以作夜》。您的父亲盲目地信从这些怪物。我记得很清楚,他每天晚上自己把这个巨大的玻璃放大镜和上面的螺旋条纹一起擦拭干净,就像是被它的光芒催眠了似的。他很在行,我能回想起他核实它们是不是全部都来自德国的克莱默公司。在他看来,这是唯一一家有资格生产这些器材的制造商。您可以靠近一点。"

一种突如其来的情绪将我吞没。这些矗立在我面前的灯以及它们的钢板支架和磨砂手柄,这些让我感受到父亲在这里时的情景。守门人点亮前面的一排灯,十几只圆鼓鼓的月亮依次闪耀起来,它们是如此的巨大。

"往后面退一点,要不然您会被灼伤。这下您懂得为什么需要灯光替身了吧,每一只透镜都有一万瓦特的光,我敢跟您打包票,即便是在深夜也能把什么都晒黑!"

我围着这些超越时间的物体慢慢地转了一

圈，它们一定点亮过那么多脸庞和那么多梦想。让诺还在继续说，然而我没有再听下去了。有时候，一个名字会被铭刻在我意识的表面上，像埃里克·冯·施特罗海姆、约翰·休斯顿、黛菲因·塞里格——用浓重的南方口音读作塞瑞格。光从四面八方溢出来，把机器侧翼上用于通风换气的孔洞照亮。这里开始变得很热了，特别是当让诺把第二排灯也点亮的时候。就像那些高雅的照片里一样，最矮的灯被放在前面，最高的灯被放在最后面。这些巨大的圆圆的灯头还配有手柄，甚至还有一个弗雷内尔透镜被从支架上拆了下来，放在了地上。我凑过去，感受到脚踝周围灼热的气流。我开始缓慢地摇动一只手柄，光束一边扩张一边移动。

"他们曾为摄像机镜头的推移准备了一个台式移动摄影车。"向导说。

金属在颤动，光线从每一个孔洞中溢出，机器的侧面就像是有火花喷溅出来一样，感觉像是一个活物。我感受到了它的呼吸，它喷出的热乎乎的气息。这个废旧的器材把温度升得如此之快，宛如昔日里一只瞬间起飞的布谷鸟。

Chapitre trente-quatre

"很漂亮，不是吗？"让诺问道，确信自己会得到我的回应。

我一言不发地赞同了。守门人没有再坚持。我们返回，一直走到他的巢穴。

"您想想啊，"他在路上说，"为了拍摄《美女与野兽》，需要三十个这样的灯。他们穿着自己的服装一定热得要命，特别是让·马莱。"

我们围着一张铺了油布的圆桌坐下来。他打开电扇，从小冰箱里拿出一大玻璃瓶冷水，这是他在这里最珍贵的东西，还有一瓶茴香酒。他脸上的皱纹使他的笑容延伸开来。狗贴着墙边贴的瓷砖躺了下来。半睁半闭的眼睛里盛满了弗雷内尔灯里的光亮，它一定会梦见意大利式西部片里的某些场景，那是维克托里娜最后的辉煌时刻。它忧郁的神情可能会吸引我的父亲。

"您今天就回去吗？"守门人问道。

"今天晚上，坐最后一班飞机。"

他又给我倒了点茴香酒，那是瓶子里的最后一点。他的头转向我。

"弗雷内尔透镜，那边的那些……"

"怎么了？"

"它们出售吗？"

这个男人听到了我的问题时瞪大了眼睛。

"但您要它们做什么呢？"

"不为了什么。为了作纪念。"

"您要把它们放在哪里呢？需要一个相当高的顶棚！"

"我想要没有支架的那盏灯，只有大玻璃透镜和灯光调节器的那一盏。"

看着我的眼神，让诺明白了我是认真的。

"对于价格，我一无所知。我们会说废金属的重量，而我不知道怎么算的。他们有人会开卡车往返卢泰西亚。"

他扬了扬下巴，指的是拍摄娱乐节目的电视团队。

"我会问他们把这盏灯送到您那边要多少钱。其余的，我不能在这上面挣钱。更何况你是让·赫克特的儿子，这盏灯应该属于您。"

我喝了最后一点茴香酒，相当于为我们之间的事情盖章。我本想回到库房里再一次欣赏我收获到的东西。但是天色已晚，我怕错过了飞机。何况出租车司机或许还会硬让我再绕一遍上海路。

在返程的飞机上，我想象着在弗雷内尔透镜的光晕中，麦莉丝赤身裸体的样子。

35

Chapitre trente-cinq

卡米耶是一位二十七岁的年轻女子，个头比我略高一点。因此我没有拿她与麦莉丝做比较。关于卡米耶的一切都是生机勃勃的、活力四射的。几个月前我在法院遇到她，在一起关于离婚的诉讼案件中我们是对手。她的委托人是一位不怎么值得一提的家伙，我轻而易举地就为我的委托人——一位被抛弃的家庭主妇打赢了官司。而卡米耶·阿诺赞——或者用我们律师界的用语来说是阿诺赞律师——吸引了我。在她的委托人被宣判的那一天，我邀请她去太子广场的一家咖啡厅里喝了一杯酒。我感觉在庭审中我好像能猜中她一样，她用词直截了当，而且在极度墨守成规的司法领域中显得不那么文明。她哈哈大笑，还告诉我说她全年在蓬图瓦兹游泳池的水中对自己的身材精雕细刻。从此以后，她会和我一起度过某些夜晚，特别是周末。因为这时的麦莉丝只是一个休止符，她的脸庞成为一张素描，这张缥缈不定的素描躲避着回忆，我刚刚闭上眼睛就希望能够重新找回她。

她的肋骨的轮廓、背上的骨骼、清晰的锁骨——我爱慕的人儿把它们当作一种胜利展示出来，深陷的锁骨上窝凸显出她的苗条，除了身材以外，卡米耶和麦莉丝没有什么相似的地方。而我从尼斯回来的那天晚上，拨打的是卡米耶的电话，在那之前麦莉丝曾在我的电话留言机里留了一条简短的留言——她时不时会赏赐给我一条这样的留言。

她用平淡的语调对我宣布说她得在仓促中动身去奥斯陆，因为一名女翻译在一场国际专题讨论会中忙不过来了。她会离开八到十天，争取能给我打电话。"啊，对了，我的丈夫设法陪我去，我们已经把孩子留给他姐姐了，不要想办法找我，一边等我，一边好好工作，是时候要重新开始努力工作了。"

每当麦莉丝缩回去的时候，与沉默相伴的往往是一封用暴躁的口吻写下来的书信，循环往复地围

Chapitre trente-cing

绕着同一个主题：我对她照顾得不够，特别是我没有设身处地为她这位已婚的女子着想。

通过主动保持距离，就像我在维克托里娜酒店的所作所为那样，我练习着驯服自己对麦莉丝的病态般的狂热，练习着为自己的顺从设定一定的界限。我知道迟早有一天我不得不终止与麦莉丝的关系，就像戒毒一样。然而我感觉这是很久以后的事情，倘若说卡米耶在某些夜晚充当我的美沙酮（méthadone），那么麦莉丝仍然是我的女主角——或者说是海洛因。

我没有对卡米耶隐瞒过麦莉丝的存在。相反，我从未对麦莉丝提过一位年轻的卡米耶已经进入了我的生活中，我感觉这样会显得失礼——因为一位年轻的、单身的，同时又是自由自在的女子而对一位已婚的情人不忠。卡米耶和麦莉丝生活在如此截然不同的星球上，她们不会相互嫉妒。麦莉丝在大白天里拉上百叶窗，而卡米耶喜欢在灯光里被爱恋。她唯一的偏好就是有时候来到我在比代路上的住处，穿着一件由一百二十一颗乳白色、长方形的螺钿纽扣扣好的女士长袖衬衫，以便能够延长脱衣舞带来的快感。倘若说麦莉丝提出许许多多的问题——关于感情的强度，关于死亡如同爱情不可或缺的孪生子，或者特别是关于世界秩序的其他一切问题——值得我们停下来严肃地讨论，那么卡米耶会尽力做到不为一切事情感到烦恼。然而只要麦莉丝通过书信或电话向我宣布她立刻就会回来，或者是一个小时的约会——还要透露使我的心脏怦怦跳动的一个细节："我会穿着上一次见面时我穿的那一条连衣裙，为了能够让被我们中断的情景继续下去，或者说让电影连续下去，如果你愿意这么说的话"，只要她再一次发出情欲的信号，带着她的幻想、她肉欲的表现、她的香味和她的麝香，我整个人就会忘却她的疏离的淡薄痕迹，或者把它们交付给将来。我跳上我所遇到的第一辆出租车，被载去指定地点——一座花园、一条长椅，或者更好的是一张我熟悉其中每一个缝隙的沙发，这张沙发被置于瓷脸娃娃的监督之下。

这天晚上，麦莉丝在她丈夫的陪伴下乘着飞机飞往奥斯陆，我没有办法只能给卡米耶打电话求

Chapitre trente-cinq

救。她来了。三天之后，一辆载货卡车堵住了我门前的小路，两个壮汉用绳子把弗雷内尔透镜吊起来送进了单间公寓中，让诺最终把它的钢铁三角支架也一同寄了过来，卡米耶就是在这火焰般的辉煌中以令人销魂的姿态脱着衣服，而在我眼中，无辜的她成了麦莉丝的灯光替身。

没有麦莉丝的这些日子却让我一直想着麦莉丝，即便是卡米耶一丝不挂地躺在我身旁，用温暖的身体贴着我。我沉浸在半梦半醒之中，眼睛半睁半闭着，时不时就会把枕边的人与另外一个人做比较，尽管我触碰着卡米耶的皮肤、肉体、金色的卷发，更不用说她躯体上紧致的肌肉，这些都不会引发哪怕是一丁点的混淆。

和麦莉丝在一起的时候，我们生活在时间错误的折痕里。我躺在沙发上，看着她的背部在钢琴前像跳舞一样晃动。我的心怦怦跳，有时候我的心脏会因为她如此的优雅和轻盈而漏掉一拍，或者甚至是两拍。她弹的是肖邦的曲子。麦莉丝让房间沉浸在一种温柔的、浓淡相融的光线中，倘若她在这之后靠近我，我会把我们的心不断地重新带回到音域之中。在我的第一波爱抚中，我感觉到她颤抖得像一棵被风推动着的柔弱的树——桦树、垂柳、幼小的白杨树。"好快，"她对我说，"你听多么地剧烈 。"我很快就听到她胸脯里面不可思议的碰撞声，她的心脏超速跳动，甚至是比我的心跳还要快，就好像是她比我要付出更多快感的代价。有一天下午，她喝着茶，她的上嘴唇因为碰到了杯子边缘的缺口而被割破了。她快速地躲进了浴室里，嘴唇上还滴着血。几分钟之后，她回来了，嘴唇上只留下一条鲜红色的细细的纹路。我问她还好吗，她伸出双手做出了一个胜利的手势。麦莉丝用她的血把自己的指甲染红了。

还有一次，我对她弹奏的悲伤的乐曲表现出明显的敌对情绪，看到我这个样子，她用冷酷的表情盯着我并要求我解释清楚，同时不容置辩地大喊："你不喜欢！"她突然变得暴烈起来，从前向后地摇晃着头，就像是为了把这火山喷发般的争执像钉子一样钉入我的头脑中。这一刻是电光石火般的指责，而我们蓝色的天空被下着狂风暴雨般的铅灰色表情撕碎。我被催促着证明我的爱情，我表现得就像一名被海关讯问的游客一般，面对着"您有什么需要申报的？"这样的问题，我回答说"没有"。这名游客一无所有，除了到处尾随着这名女子的爱恋，无论她去奥斯陆还是其他什么地方，这份爱恋都尾随着她，为了把那些日子和小时蒸馏出来，因为时间——他们分开的时间，就是他们的苦楚。

还有些时候，麦莉丝想要改变我。引诱者变成了猎食者，用甜言蜜语、拐弯抹角的方式，带着有些反复无常的想法。她攻击的是我的工作。一个律师就应该用利他主义进行辩护，与重大的诉讼案件卷在一起。我所关心的事情会显得过于物质，这一点会引起她的反感，因为嫁给了一名富裕的承保人，她对这些漠不关心。这些带有戏谑模式的对话会快速地转换为其他的话题，特别是当这些对话孕育着其他的秘密时——麦莉丝放弃进攻整个地球，她会把火力集中在唯一一个人类的代表身上，这个人就生活在她的家中，是一个不懂得欣赏伤感乐曲的蹩脚的音乐迷，此外他还是一个除了金钱以外没有理想的律师，模模糊糊地在寻找当过演员的母亲的痕迹。

在这些时刻，麦莉丝便成为另一个人。她的转变属于蜕变的范畴，就像是女版的哲基尔医生，变为报复心强的海德小姐，变得前所未有的苍白，还改变了沉默寡言的习惯，掌握了取之不尽用之不竭的怨恨的源泉，喋喋不休。麦莉丝的声音尖锐了起来，与她的琴键里发出的低沉的、激烈的音符构成了强烈的对比。她开始对我以"您"相称，用一些我不懂的或是无法理解的语言来说我，这些莫名其妙的反话无疑是她常说的，它们构成了一座真正的纪念碑，而这些词本来是用于拉近感情的。如果麦莉丝能自夸掌握十三种外语和方言，那么她就不会再说出什么温柔的话来。这些让人难以忍受的开庭最终都是以红红的双眼结束，我听到阿努克·艾梅在《萝拉》里说的话（"我哭过了，明显吗？"）。麦莉丝在眼睛上涂抹着眼影粉，我想着那些女演员是不是也会用这种过时的武器来抵挡父亲的灯光。我提前走了，但是已经太晚了。这些夜晚，我戴着西班牙国家航空公司发的蓝色的眼罩，感觉天气已经很凉了。麦莉丝向我展示了她的面容的反面、她的心脏的背面、她的爱情的对立面。

Chapitre trente-cinq

36

Chapitre trente-six

麦莉丝从奥斯陆回来了，不出所料，她想见我。仪式仍然得以被遵守：她穿着一条迷人的蓝色棉布连衣裙，下面什么也没穿，这就是十几天前，在她半明半暗的客厅中，我急急忙忙地伸手为她脱掉的那条连衣裙。她希望我们的重逢在外面进行，就好像是剧情需要五月里饱满的光线、眼神里的光亮、举动的明确——诚然，这些都可以被局限于公共场所里能够容许的行为。她问我没有她的时候在忙些什么，我在维克托里娜的一日偷闲是否有成效，有没有想念她。她跳过与她的丈夫一起去奥斯陆的原因，说了一句十分文艺的话，肯定是她在自己钟爱的那些英国旧小说里读到的："对于那些相爱到遍体鳞伤的人们来说，距离是一种微不足道的保护。"但是她仍然爱我，前所未有地爱我，永远爱我。看到我为解放自我而作出的努力，我应该高兴地确认对于我来说情况还是一样的，在这种高兴里还应该带着一点对自己所处位置的鄙视，因为现在这张纯净的、完美的脸庞就在我的注视下重新组建起来，海德小姐那令人不安的面具则刚刚消失。

和谐融洽的新阶段已经开始了，我们在巴黎圣母院教堂前的广场上恢复了关系，我们的脚又站在了这段关系的起点处。因为麦莉丝喜欢假装第一次，回到初见时，这是我们爱情的确切的标志。致敬我们的分离，事实证明我们的告别总是成为约会，她穿着那件迷人的闪闪发光的蓝色连衣裙，甚至没有丝毫的内衣的痕迹。当我们走在路上，准备去位于比代路的单间公寓时，我想着这种熟悉的赤裸只能在清晨看到——当我用双唇嗫取桑葚时，那是作为太久的斋戒的奖赏。在晨曦中，激情的火焰又回来了。我不知道麦莉丝会找什么样的理由跟她的丈夫解释早晨快六点的时候在巴黎的中心与他见面。或许是据感情分割规则定下的私密合同，她没有做出任何解释，因为她是规则的唯一负责人。她

Chapitre trente-six

对曙光的喜爱让我感到不知所措。在我父亲快走到生命的尽头时，他也会在天光微亮时起床。比起傍晚时分天空中粉红色的火烈鸟的色彩，他更喜欢太阳升起来之前的这种薄雾般的微光。他使用了"复活"这个词，而我突然间就懂得了挂在他床上方的悲伤的耶稣处在一个多么合适的位置。

我毫不迟疑地再次踏上通往莱克朗兰－比塞特尔的路，踏上通往麦莉丝幽暗的客厅的路，踏上通往那张似乎已经贴合我的体型的沙发的路。我是那些摆设中的一件，只是多了一套生殖器和一个胃而已。在短暂的休息时间中，生活悄悄地流淌为甜美的模具，而我现在把这种甜美的模具与麦莉丝猜到我的到来并为我准备的菜肴结合在一起。我刚到就闻到了美妙的香味升腾起来。她正在撒盐——蔬菜咸派（面饼不太熟）、扇贝（解冻时间不够）——还带着同样的虔诚，用孩子喜欢的甜蜜塞满我的肚子——巧克力马卡龙（烘焙时间太长了）、奶油夹心烤蛋白（太软了）、奶油水果热馅饼（水果稍微有点烤干了），就好像是她不在的时候我没有吃过东西一样。我闭着眼睛吞咽着这些贡品，每吃一口食物就要喝一口水或者茶，我被这只手撩拨着，它喂我就像抚摸我时一样热情。牙齿有所保留地闭合、舌头温柔地舔触，数次下来，我在红棕色毛发的慕斯里尝到派的咸味和扇贝中的碘的味道，而此时麦莉丝呻吟的声音与桑松·弗朗索瓦弹奏的夜曲的声音交相辉映——这位钢琴家也是她所喜爱的逝者之一。我被无穷无尽的关怀包裹住，那是植物和动物的混合体，她变为了藤蔓和母狮子。而我是她的俘虏。

在这段重新来过的特赦时期，有时候她会在我的辩护词里发现天才的语调。无论我是为一个普通的小偷还是一个杀人犯做辩护——正如在"我的邮件"（Moncourrier）案件中的情况："受害者是邮局局长，他被一个二十岁的年轻男子杀害，这名男子有个稀奇的姓，他就姓我的邮件（Moncourrier）……"麦莉丝在重罪法庭的第一排坐着。她的双眼变成了剧院里的小型追光灯，把演员始终笼罩在一片圆圆的灯光中，直到演出落下帷幕。在此期间，麦莉丝就是真正的光芒。我在这专注的目光中找到了源源不断的说服的力量，有时候

Chapitre trente-six

我获得的反响会一直传到莱昂·瓦勒斯贝尔的耳朵里。他仅仅有分寸地向我表示了祝贺，因为他对我的期待比这更高。我认为在雄辩术的表现中，我看到了自己出身的隐藏的符号，我天生倾向于演戏，这证明我就是一名女明星的儿子，并且附带地还是另一个女主角的情人。

　　然后我们的天空难以察觉地再次变得阴霾。肖邦离开了钢琴键，让位给风格更加阴森悲哀的作曲家。麦莉丝的手指疲惫不堪，最后把一只手放在我手里，让我再一次确认她掌心的生命线很短。我看到她左手腕边缘的一条白色的短伤疤，我什么都没问，因为害怕答案。黑暗再一次笼罩上来，我更加频繁地拨打卡米耶的电话号码，那是被译成密码的爱情的电码，有益于身心健康。

37

Chapitre trente-sept

对我来说，父亲的办公室不再有任何秘密。我认识这里所有女演员的面容，我对她们非常熟悉，就是有时候会对不上名字；我熟知全部的这些拍摄记事本，就是把给它们分类的时间一再推迟。只有右手边最下面的一个抽屉还在抵抗着。钥匙被卡在铜锁里面，无法扭开，即使强行撬锁也打不开。或许是钥匙坏在锁芯里面了。也有可能是木头膨胀变形，使抽屉无法被拉出来。

然而有一天早晨，又是我为了阻止自己去莱克朗兰－比塞特尔而找点事解闷的时候，我成功地打开了那个抽屉。我用很大的力气硬拉，以至于我在巨大的爆裂声中向后摔了出去，这一次抽屉终于妥协了。抽屉里的东西散落在我的脚边：一些小零钱、刻着玛丽安娜的脸部轮廓的十或二十分的硬币，就好像我的父亲只知道收集女人的面孔一样，即便是在钢镚儿上面。我毫不意外地找到许多张陌生女人的黑白照片。有些人在灯光下变得美丽，还有一些人反而变得很丑，意味着让·赫克特有着自己的想法，能够非常暴戾地使用灯光。有一天我问他，当他闭起双眼时，在他照亮过的所有女演员中，他能看到哪一位。他犹豫了一下回答我说"哪个也没有"。我知道他在说谎，然而他守住了这个秘密。

我检查着新一批的照片存货。照片背面没有任何标记，既没有女演员的身份，也没有拍摄日期。什么也不写，这就是我父亲的签名，这就是他拍摄的标志。在这杂乱无章的一堆照片面前，年代似乎被混淆在一起——但也不完全是这样，我找到很多泛黄的电影胶片，比黄油蛋糕略厚一点。其中的一个盒子上贴着一块橡皮膏，时间，还有一直关着的抽屉里面的稀薄的空气使这块橡皮膏变得发黑。能看到一只快没有油的圆珠笔标在上面的大写字母：尼斯（NICE）。

Chapitre trente-sept

我没有放映机，不能观看里面的画面，我在想谁能救急。我需要一台至少二十岁的旧机器。我在窗口处把胶片拉出来几厘米，但是胶片的颜色太暗了。这天晚上，莱昂·瓦勒斯贝尔来到单间公寓，他给我带来了他一个朋友的放映机，这位朋友对超八毫米底片（super-8）有着怀旧的情感。看起来莱昂很高兴能在这里见到我，他明显感到了宽慰，因为看到我喜欢这些陈旧的东西多过麦莉丝酿造出来的痛苦。他没有坚持留下来，我也就任由他离开了，守着黑夜开启一场我的放映。

　　我收集到七段电影短片，每段时长不超过三分钟。发动机发出陈旧的嗡嗡声，放映机刚开始转动起来，我的心脏就怦怦地跳起来，或许这些短片中有好几部都会让电影爱好者心花怒放。我认出了《老枪》的拍摄片段，可能是我父亲设置好灯光之后拍摄的。当菲利浦·诺瓦雷喝光一杯清酒的时候，罗密·施奈德似乎说了什么有趣的话。在干杯的时候，能清晰地看到她唇边说"祝健康"时的口型。其他电影中的大部分画面是来自克洛德·苏台的拍摄。我父亲曾在他拍摄《冒一切风险的阶级》

时给予过照明技术方面的指导。之后苏台曾把父亲拉回来拍摄《生活琐事》。他们曾经连续拍摄过一个很棒的系列,《马克斯与拾荒者》《塞萨和罗萨丽》《三兄弟的中年危机》,后来还拍摄了《玛多》。

我不知道父亲是怎样从特吕弗的青少年世界滑入到苏台的世界中的。我想象着他与苏台一起分享他严重的焦虑、对衰老的恐惧、孤身一人的害怕、对男性的温情、在女人面前病态的腼腆。让·赫克特知道如何拍摄会使苏台安心,他能拍摄出最好的夜景和雨景、汽车前灯的灯光、蒙当和皮科利令人赞叹的面容、他们额头上的皱纹、他们香烟上飘出来的烟雾、挡风玻璃上的大雨。还有咖啡馆里的友情、拉帮结派的男人、突然间的安静——仅仅拍摄眼睛就足以表达。

最后一张胶片上写着这样的标注:《路遥67号》。它比其他的胶片都要重,就像是两部电影被黏合在一起。看到最开始的画面时,我就感受到一种特殊的情绪。我们不是在电影里,而是在生活中。一位年轻的女子在沙滩上走路,旁边跟着一个小男孩——大概是三岁,或者四岁?——他向她伸

Chapitre trente-sept

出手。而摄影师——我父亲？——过多地把变焦镜头集中在这名女子的脸上，忽略了小男孩的脸，他只露出了头顶上栗色的头发。只为了拍摄她。她像一头小兽，有着非同寻常的、激烈的眼神，表情带着某种疯狂，目光像两口深不见底的井，有些疏离，闪耀着野性的光芒。在整部电影里，摄像机都在拍摄这名年轻女子的脸，镜头延伸到整个身体，把她拍在特写镜头里。她长得很高，像游泳运动员一样有着浑圆结实的肩膀。她有一头短发，看起来像一只猫或者豹——肯定像一只有爪子的动物。那个小孩子不见了，仅仅是个没露脸的配角。让·赫克特，或许他就是电影的负责人，他像拍摄一位明星一样拍摄一位陌生女人。整个团队都在为他效力。同样的场景在海浪边重复，她像跳舞一样地走着。这是一段试拍，一场诱惑游戏，一个承诺？那么这个孩子来做什么，在这个故事中这个孩子的手是在做什么？

我沉浸在思考中，没有注意到胶片已经停止转动了。年轻女子的脸庞定格在单间公寓的墙上。突然她的五官扭曲成吓人的怪相。胶片起火了。我切开机器电源的工夫，女主角的脸的画面已经没有了，仅仅在烧焦的味道中留下令人窒息的空气中的回忆。我把损坏的那块胶片放在舌头上舔一舔，期待着能够把被烧毁的画面恢复一点回来。画面丢失了。一种令人厌恶的感觉蔓延了我的整个嘴巴。我父亲曾承认说胶片有一种苦涩的味道，他肯定常常试图挽救一张面容。

这天晚上，我把《路遥67号》这部电影放映了数次。这个女子使我着迷。我在夜里睡不着觉，开始翻让·赫克特堆放拍摄手册的架子。我很快就找到1967年的那两卷，它们被一根橡皮筋扎在一起。我直接迅速地翻到关于夏天的那个部分。那年七月，我父亲曾在维克托里娜停留了十多天（我已经知道了）。他曾在那不勒斯参与了一部法国与意大利共同拍摄的电影，然后在罗什福尔加入雅克·德米的团队，为《柳媚花娇》做一些灯光方面的拍摄工作。我快速地翻到八月里写下的一页，里面用简洁的一行提到了在路遥的停留，还有一个细节："看科西蒙医生"。这几个词让我停了下来，然而我从各个角度来理解都是徒劳，这几个词没有给我带来任何启发。我继续细致地检查手册，一直翻到 1967 年最后几天的内容，却没有找到任何与路遥相关的其他信息。在手册的最后，封底的折叠部分，有一张对折的白纸，由于年代的缘故褪了色。这是一张抬头印有"神经疾病研究所"字样的信纸，地址是纪龙德的路遥。有人还在上面手写了几个细小的词：科西蒙医生。后面留有当时的电话号码。我感觉自己的双颊滚烫了起来。我快要猜中了。我接近了。但是接近谁呢？

我顾不上已是深夜，仍然忍不住又看了一遍《路遥 67 号》这部短片，徒劳地想要在这名年轻女子的脸上寻找到一点点跟我相似的轮廓。必须在夜里观看放映出来的画面，这样才能发现是什么立刻震撼了我：陌生女人在海浪边行走的样子像极了麦莉丝，几乎是一模一样。眼睛里的疯狂也是毫无二致。我目瞪口呆，又像跑得太快一样气喘吁吁。我想着关于她的母亲，麦莉丝对我说过些什么。她消失了，但是这个消失意味着什么？我思绪万千。我们在"三卢森堡"电影院的遇见真的是偶然的吗，就像她所谓的那样？或者是麦莉丝也在大银幕上寻找她母亲的存在？

　　我在整理身旁胶片的时候，意识到我还没有看那个在橡皮膏上标注着"尼斯"的短片。我把它装进放映机里，等了几秒钟，当第一幅画面在机器噼里啪啦的声音中颤抖地出现时，我几乎喘不过来气。还是同一个高个子的年轻女子，她在水边。她没有牵着任何小孩子。她仅仅是在走着，一个声音建议她保持自然的状态，我猜测那是父亲的声音。在我看来她与麦莉丝惊人地相像，像到我以为这是特技摄影。时间向过去倒带。回到四十年前，麦莉丝是让·赫克特的情人吗？她是我的母亲或者姐姐吗？电影里最后的画面出人意料。摄影机里的画面完全陷入一个小教堂的黑暗之中。我父亲把几个彩绘玻璃窗取入镜头中，这些玻璃窗中描绘的是耶稣一生中的那些重要的片段。我意识到这张胶片是用彩色镜头拍摄的，这在这些胶片中是个例外。阳光温柔地落在玻璃上，那是傍晚的光线，使徒们的衣服给人以天鹅绒和蜂蜜的感觉。陌生女人溜进小教堂里的一排排座位里面。录像是无声的，这让她看起来更像是迈着猫一样的步子。然而这一会儿，比起她高挑的身材，我父亲似乎对昏暗中彩色玻璃窗上的流光溢彩更加感兴趣。他必然会去探求上帝之光。

之后，电影在一幢简朴的白色建筑的正面外墙结束。强烈的对比使我闭上了眼睛。我差点没有看到镜头对准了三楼的一扇窗。这是一扇镶着铁栅栏的窗。栅栏后面，曾经站在天使湾那里的年轻女子缓慢地挥着手。在她的脸上看不到什么，除了疯狂的眼神。

第二天早晨，我给信息服务处打电话，想要知道路遥医疗研究所现在的电话号码。接线员寻找了很久，回答我说关于这个名字没有任何相关信息。科西蒙医生也不存在。当天下午，我乘火车去波尔多，并租好一辆那里的汽车。我提前向莱昂·瓦勒斯贝尔打招呼，说我一两天内会不在巴黎。我离开的时间或许会比这更长。

我缺乏睡眠。火车刚过了郊区的隧道，我在列车的摇动中潜入了一个奇怪的梦境中，那里还有我的父亲。在让·赫克特快要走到生命尽头的时候，他曾继续研究光的来源。他还在那些自己做过批注的纸张上描述过自己曾如何饲养蝴蝶，他把它们关在一个用布做隔板、有洞孔的小暖房里。他通过邮寄的方式弄到一些有着蓝色翅膀的蝴蝶，它们的翅膀发出的光很像二极管发出的冷光：有大闪蝶、凤蝶，特别是霾灰蝶，还有一些漂亮的标本，在夜晚闪闪发光。父亲知道这些蝴蝶用翅膀上细小的反光镜接收到太阳的光芒，再把光反射到黑暗处，形成神奇的蓝色的光环，在夜晚的场景里穿透黑暗。他曾把两只美丽的大闪蝶和一只霾灰蝶放到演员上方，蝴蝶扇动翅膀的时候，不时地照亮了演员的脸。

促使他从黑白转向彩色的无疑就是这种蓝色的魔法，特别是当他第一次在取景器中捕捉到罗密·施奈德的面容的时候。他的要求没有变。他认为自己没有辜负太阳的光辉，通过在这张脸上使用这种颜色——一种极地的颜色，"罗密绝对会反光"，一天他对我说了这样的话，却没有任何解释。在很长的一段时间里，罗密·施奈德都是我的母亲，仅仅是因为父亲说到她的时候充满了喜爱之情。我不知道在他的眼中，她只不过是那些蝴蝶中的一只，显然是最美丽的那一只。照片，这就是她的捕获者。

从纯粹的黑与白——有时候会被香烟上的烟雾弄得模糊不清，过渡到暗淡的蓝色，例如《三兄弟的中年危机》的片头字幕中就少有地开始使用了蓝色，罗密在其中只出现过一幕，被灾难和酒精所消磨。在爱（aimer）与毁灭（abîmer）之间，我父亲说，只有一个字母的差别，美丽的、小小的"b"。让·赫克特喜爱某些人的脸，还有一些人的脸被他毁灭了。他从来都不拍摄我的脸，他把我的脸怎么了？每次他用"我的天使"来叫我的时候，我都会打一个寒战。这就是我对于他的意义：一个来过、人们却看不见的人，一段沉默，一种缺席。在我父亲拍摄的所有这些女人中，现在她们都像礼拜堂里的花束一样凋谢了，我想他特别喜欢她们的缺席。她们眼神里的透明。我猜测倘若可以的话，他会在整个生命中用逆光拍摄那些女主角，就像在《爱丽丝梦游仙境》中一样，猫的微笑，却看不见猫。他或许会把她们带到阴影里，用阴影突出她们的外形。他或许会跟随着艺术家们的偏好，在观看游泳者的时候，描绘着溺水者。他收集着照片，好像是在寻求着证据，用以抵抗流逝的时间。然而所有这些女人都在他的同意下最终从他身边消失。他远远不是为了看透她们的秘密，他享受着照片越积越多的乐趣。

当我从昏昏沉沉中清醒过来的时候，火车开始减速。列车员的声音在报站：圣让火车站。我凝视着从我身边走过的旅客们，惊奇地发现里面既没有我父亲，也没有罗密·施奈德。

Chapitre trente-sept

38

Chapitre trente-huit

我按照那张信纸抬头上印的地址寻找，那里并不存在任何卫生机构。路遥是阿尔卡雄内港的一个小城，卡普费雷公路途经于此，不要把它与梅里尼亚克靠近机场的一个地区混淆了。冬天，大部分的别墅里都无人居住。就像所有海边小镇一样，生活隐居在美好的日子里。因为不是旅游季节，很少会有外地牌照的汽车从很远的省份开过来，在这些窄小的路上冒险。车里的人会下车沿着海岸走一会儿，看一看皮拉沙丘或阿尔金滩，然后就躲回车里，因为狂风里卷着大量的沙子。

　　我到的时候，路遥是一片冷清之地。当我向汽车加油站的油泵工打听附近是否有一家这样的私立诊所的时候，他睁大了空洞的眼睛。他一边致歉一边说自己是最近才住到路遥这边的。"一家私立诊所？在那个时代，不可能的。"他漫不经心地说。这天晚上，我泡在唯一一家营业的餐馆里，在这能看到这里的风景全貌。餐馆老板亲自服务，由于店里没什么人，他兴致勃勃地给我讲自己常常在清晨散步，鹅的叫声穿透过薄雾，他在拂晓时分会撞见野猪在水坑里抓鳗鱼。这个人名字叫作帕皮诺，来自夏朗德，在六十年代初，他是一名流动的菜农，在路遥定居下来。他的成功完全要归功于这家餐馆，里面有大大的玻璃窗，从中一直能俯视到地平线。他建议我开一个房间住下，如果我不愿意在夜里返回到波尔多的话，我接受了。

"那您要尝尝这个了！"他看起来很高兴，一边大声说话，一边把一瓶陈年的阿马尼亚克烧酒和两个大号水晶玻璃杯放在我面前。

我们举杯相碰。就像菲利浦·诺瓦雷在我父亲拍的电影里一样，我说："祝健康！"我不习惯于喝太多酒。我的喉咙在燃烧，然后胸口也在燃烧。一种舒服的感觉让我变得迟钝。我开始滔滔不绝地说起话来，肯定是说了太多的话。帕皮诺一直点着

Chapitre trente-huit

头，甚至有时候会把鼻子探到阿马尼亚克烧酒的酒气中。直到今日我也想不起来我跟他讲过些什么。我们被酒精带来的默契拴在一起，一直聊到了深夜。第二天上午，我醒来时已是天光大亮。我听到了海洋的声音，一只狗在追着一群海鸥狂吠。我之前没有拉百叶窗就睡着了。我似乎对帕皮诺聊到了路遥和神秘的私人诊所。然而我们之间的对话没有给我留下任何印象。

在吃早餐的那间大厅里，一位年轻女子在帮客人点单，我前一天没有见过她。她的老板时不时地把新鲜的面包端出来，我在玻璃窗后面等着，太阳一点点照亮潮水退去后带着波纹的沙子，海滩看起来像到处被弄上污迹的手抄本。

"已经起来啦！"帕皮诺欢呼起来，双颊被外面的风吹成了紫红色。"这是一些热乎乎的羊角面包和法棍，请慢用吧！"

"哎，帕皮诺先生。昨天晚上，我喝着阿马尼亚克克烧酒，有点喝断片儿了……"

"您说对了。关于路遥的那些故事，最好把它们留给社会新闻的爱好者。"

"我们说到了私人诊所，不是吗？"

"那是过去的事情，我跟您重复一遍。您不要再为这些事情感到痛苦了。您还是看看面包篮里有什么吧，您看看这软面包，看看这金灿灿的羊角面包……"

"谢谢。您得帮我回忆一下，您跟我说了……"

"……在 1967 年，一切都被烧毁了。当时的报纸上写着，一个精神不太正常的女人放了火。"

"那些病人们都怎么样了？"

帕皮诺齿间发出了嘘声，就好像是我向他提出了过多的问题。

"这个，您就得问多纳兹夫人了。"

"她是谁？"

"年轻人，您可真是喝多了，迷迷糊糊的。您昨天晚上问过同样的问题。多纳兹夫人是那个机构的主管。您要是坚持的话，她会给您详细地讲讲那件事。但如果我是您，我就不管那事儿了。要想着在世的人，除了在世的人以外什么都不要想！"

我摇着头。他迫不得已地在一个信封的边上写下了多纳兹夫人的地址。

Chapitre trente-huit

“她肯定已经七十多岁了。”帕皮诺对我悄悄地说，希望能够劝阻我。

多纳兹夫人住在沙丘脚下的一幢小屋子里。她花园深处的木头栅栏已经倒在了地上，一座沙子堆积起来的山几乎也快把她家的屋顶埋没了。在电话里，她同意在午饭之后见我。她在客厅里等着我，双手紧张地交叉在一起，就像葡萄藤一样。

“您让我感到忐忑不安，”我刚跨进她家的门槛，她就开始说话了，“我们永远都摆脱不了这场惨剧。”

多纳兹夫人是一位外表严肃的小老太太，她的双眼有些浮肿，在讲到不好的回忆时，她的双眼不得不闭起来。她把白头发烫成了卷发，在光线下反射出带点蓝色的光泽。她准备了咖啡。三块波尔多可露丽被放在茶碟里，组成一座甜品小城堡，静静地等在那里。我忍不住要咬一口这种焦糖味道最浓烈的小点心。

“至少您还有胃口。”她看到了，疲倦地笑了。

她的声音由于失控而变得尖锐。她急于了解我来这里的原因，想要知道我是不是曾经的一位寄膳宿者的家人。

"我不是来调查灾难的。"我开始说，看起来这样进入主题使她放心了。

"我接到了受害者的家人打来的许多电话，"多纳兹夫人叹着气说，"三十年过去了，有些家庭还在骚扰我，真是一种迫害，您懂吗？我承担着这一切，直到死。谁能想到玛丽·博德纳夫会有一个打火机呢？"

"谁？"

"玛丽·博德纳夫，她是一个年轻的病人。我们怀疑是她在研究所里放了火，但是没有人能够证明。三个病人丧生，而她消失了。或许她犯了罪之后跳进水里淹死了，她有自杀倾向。但是到处都找不到她的尸体。幸存者都被安置到居让梅斯特拉和阿尔卡雄之间的地方，最严重的伤者被送到了波尔多的医疗中心。那么您想知道些什么？"

我什么都回答不上来。我要是把超八底片和放映机带来就好了。或许多纳兹夫人能够认出这张脸、这个身影，还有白色的建筑物，彩色玻璃窗的小教堂——彩色玻璃窗上还绘有天鹅绒般的衣服。我的本能强迫自己继续说下去。

"您有玛丽·博德纳夫的照片吗？"

"我不用照片就能想起来。可怜的小女孩。她说话的姿态，因为她长得很高。她是一个漂亮的女孩子，脑子有点问题。看着她在路遥的公路上闲逛的样子很可怜。大部分时间她都盯着我们看，眼神带着敌意或者相反，处于失神的状态。她的尖叫声惊心动魄。她会突然完全变样。她声称自己是电影里的一位女主角，一名导演会随时来找她。如果有人表现出不相信的样子，她就又会发脾气……在食堂里，如果她还没有吃完自己盘子里的菜，就不让女服务员收拾桌子。她硬说有一台摄影机在拍她，既不可以进入拍摄区域，也不能触碰餐具。每次都是同样的结尾，两个护士强行把她带走。她抓挠、吐口水、辱骂所有人，把我们当成虐待她的人！她叫喊着有一天她的才能会显露出来，光芒四射。大家认为她在重复着一个熟记于心的句子，然后她忽然变得精疲力竭。她在镇静剂的作用下瘫倒下来，无声地流泪，这个场景是如此悲伤，以至于我现在想到她可怜的样子还会觉得肚子里难受。"

多纳兹夫人的故事让我激动得说不出话来。我仍然鼓励她描述玛丽·博德纳夫的样子，她是金黄色的头发还是棕褐色的头发，她的头发长吗？

"她不断地改换形象。"这位老妇人说，"有一天，玛丽急切地需要皮肤科医生来看她。医生想要知道为什么。她要求特殊治疗，来淡化她的雀斑。她口中的导演说如果她双颊美丽无瑕就会更上镜……她的头发？总是很短。有时候是栗色的，有时候是灰金色的。甚至有一段时间是墨黑色的，快到最后的时候，我记得她的头发是红棕色的，像是从红色颜料里提取出来的红棕色一样，如果你能明白我的意思。"

我鼓励她继续讲下去。

"很长时间以来，我都很羡慕她浓密的头发。但是有一次，我去她的房间让她给一纸文件签名，我发现她几乎是光头。我感到目瞪口呆。她就像那些头发刚开始长出来的癌症病人一样。她急急忙忙地戴上一顶假发，就是那个像火焰一样的红棕色的头发。我能想起来她的样子，异常美丽，但是惶恐不安……"

"她当年多大？"

"我的天，发生惨剧的那年，她二十六或者二十七岁。真实情况是她看起来像个小女孩。"

"那她的家人呢？"

"据我所知，她没有家人。那时候，一个男人来看过她。他开着一辆漂亮的汽车带她出去。后来他就不来了。"

"什么样的男人？"

多纳兹夫人耸耸肩，表示不知道。我伸出一只手，犹豫了一下，从我的钱包里拿出一张我父亲的照片，她默默地端详着。

"说真的，"过了好一会儿，她说，"我什么都不能肯定。我从来没有近距离地看过他。或许是他，他的脸模模糊糊地让我想起一个人。热恋和抱歉的眼神……但是太远了。"

"我理解。"

我因为谜团保持完整而感到宽慰。这样也更好。如果我的母亲不是大银幕里的明星，甚至不是女场记员、化妆师或服装师，那就算了 。如果她做的仅仅是梦想着电影，那就算了。老妇人陪着我走到门口。她看起来轻松愉快的样子，还把剩下的可露丽送给了我。我放弃了问她玛丽·博德纳夫是不是有一个孩子。那有什么重要的呢，反正她也不能够把孩子抚养大。

"这挺傻的，"多纳兹夫人向我承认，"一直在跟您说玛丽·博德纳夫，我感觉她还生活在某个地方。"

说完这些话，我们就道别了。让我感到震撼的事实就是在那些昏暗的屋子里，我再也无人可寻。在波尔多的公路上，我在一片松林旁停下汽车。我想要感受脚下的沙子。我把鞋子拿在手里，沿着通往海洋的小径一路跑下去。已经是傍晚了，贴近地平线的太阳给沙滩铺上了一层橙色的光芒。我一直走到干沙子与湿沙子交界的地方。海浪退潮的时候在地上留下了这些静止的、钝锯齿状的波纹，人们称之为"波痕"。我听着海浪的声音，就像人们如孩童般把一个大海螺紧贴在耳朵上时听到的声音，在远处膨胀起来的波涛最终在我面前变为细碎的泡沫。我很想看看帕皮诺描述的野猪捕捞鳗鱼的场景，还有薄雾中的鹅。

Chapitre trente-huit

39

Chapitre trente-neuf

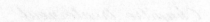

在巴黎，我尽力避免再次见到麦莉丝。我不拨打她的电话号码，我不去夜间的卢浮宫邮局给她寄信，我不再守候着比代路楼梯里她的脚步声，也不再在圣安德烈艺术路上的西蒙娜·托马斯书店里寻找她的身影。在一个阳光灿烂的早晨，我把父亲留下的所有女演员的照片都铺在地板上，她们的照片一直被铺展到盥洗室和厨房里。她们的脸庞静静地看着我，每一张脸都是孤孤单单的。我在想对于她们，我全部都喜欢，我最终喜欢上了她们所有人，特别是那些逝去的女演员。我在内心深处是感激我父亲的：他委托我进行选择，或者不选择。我想到人们有时候说的话：星星死去之后还会继续闪耀。她们之中有多少人把自己的热量送到我的这片土地上，而那片土地已经变成天空了吗？德菲因·塞里格、罗密·施奈德、"覆盆子"朵列、奥黛丽·赫本、珍·茜宝。我也喜欢那些在世的人，过去这么多年，那些几乎不会变老的人，她们仅仅是经过让·赫克特的一个简单的动作——他的手在徕卡相机的快门上按了一下，阿努克·艾梅、安娜·卡里娜、弗兰西丝·法比安、凯瑟琳·德纳芙、玛琳·约伯特。还有一些陌生的女人，不知道她们是否还在世，除了我父亲以外，我对她们一无所知。在拍摄过一组照片之后，她们其中有一个人曾对父亲吐露过："让，我在灯光下拍了照片，但是我不懂这个光。"这个人是伊莎贝尔·阿佳妮吗？还是玛尔特·克勒尔？要不然是常常在自寻烦恼的玛丽－弗朗丝·皮西尔？

有一天，一位女演员发现让·赫克特给她拍了一张照片，她一直跟着他去了他家，毫无疑义，就是这间公寓，她是为了要求他解释自己的秘密。"在我的镜子里，我不存在。在马路上，我不存在。没有人为我的路过而回头。但是您用您的相机，展示出一个我所不了解的自己！"在他看来，这位年轻的女子既忐忑不安，又深深地着了迷。她是谁呢？我看着自己脚下铺展开的这些女演员的照片，脱掉鞋子，在上面轻轻地行走。她们对着镜头露出笑容，我感觉自己仿佛能轻触到她们脸上的痣。我认为只有一位女演员曾责怪我父亲用他的徕卡相机"在她的皮肤上弄出了洞"，比手枪弄得还严重。他没有指出名字，永远都没有名字。那位年轻女子被镜头定格，没有办法被辨认出来。她对他说了一些复杂的事情，我随着时间流逝才能更好地理解。她只生活在摄影机面前，但是一张她被拍下来的照片剥夺了她的整个生命，因为她在照片里面不动了。只有在发动机的嗡嗡声中，她动起来才显得美丽。在她的脸上就像在其他人的脸上一样，让·赫克特延伸出光的细丝，就像一幅画作一样，使画笔上的鬃毛在画布上弯曲。

我行走在目光之墙上，试着回忆起父亲的某些言语。他声称要按照女演员心脏跳动的节拍来调整照明设备，却没有对这种奇特的协调一致透露出任何相关信息。他尽力赞扬美貌之处，即便是面对着一张张平淡无奇的面孔也是如此。把哑光的一面打磨出光泽，拍摄之前用肯定的语气说话——但是用什么措辞呢？为的是让红晕爬上毛孔，酿造出情绪，帮助艺术家忘掉自我、放下架子：这，这就是他的艺术。必须调动伎俩的宝库，并且忍辱负重，以便能够把女演员拍得漂亮。他引导女演员贴近童年时光，那些小家伙们在游戏中不会再小心翼翼，而只会关心弹珠的轨道或小鸟的飞翔，别无其他。他用语言围捕这种童年的状态，他的眼睛在取景窗上方睁大，就好像是在说："我在这里，显露出来吧，您呐！"贪恋青春不老的女演员们应该会知道必须要在他的目光里沉溺一小会儿。如果不让一张脸稍微忍受一丁点折磨，他是绝对不会记住这张脸的特别之处的。

我在这些熟悉的和陌生的照片上方蹲了下来，这些照片千姿百态，却都汇集在我父亲的手里。我在等着这些照片和我说话。在写于 1992 年的手册——这也是写在最后的手册中的一本，让·赫克特写道："拍摄，这是给不为人知的事物揭开面纱。"他把自己的工作比喻为探险家的工作，每天晚上，因为穿越面孔的丛林而感到筋疲力尽、疲惫

Chapitre trente-neuf

不堪的他潜入富有魔力的显影液中，来检查自己的收获，对它们进行掂量和调整。我学着他的样子深陷其中，追随着一颗绿色的钻石，那是一位年轻女子的眼神，她错过了她人生中的重要角色——不停歇地扮演着我母亲的角色，意思是说学着长大。我再次打开放映机，把名为《路遥67号》的超八电影胶片安装了进去。

玛丽·博德纳夫忐忑不安的表情第一次没有让我想起任何熟悉的人。然而或许需要再次见到她生机勃勃的样子，捕捉到她目光或笑容里的光芒，这样才能在我脚下铺展开的那些照片里找到她。她真的是路遥那边的疯子吗？这个充满生气的女孩看起来像是能为大牌设计师走秀的人，只不过她几乎没有头发，还有她的目光，有些时候会变得阴郁。我们是从什么时候开始看见某个人的呢？所谓的"看见"。我父亲讲述过五十年代的试镜，乔治·丘克曾经试拍过十几个年轻的匿名演员。在拍过某个贾利·古柏的时候，他也无动于衷。只有在他观看自己拍下的录像带的时候，才说："贾利·古柏创造了银幕。"他立刻把贾利·古柏叫了回来，为看着他却没有真正地"看见"他而感到窘迫。

　　我希望对于玛丽·博德纳夫也是同样的情况，她突然出现在这些静止的照片中，某种线索帮助我重新认识了她。但肯定是太晚了。想到她，那些感觉回来了，它们汇集成一个无底洞，我猜测年轻的猎物最终反抗了。她把几张失败的作品扔到让·赫克特的脸上：她老了，不要再看她了。一种眩晕的感觉慢慢地侵袭了我。倘若这名女子已经去世了，连同她的特征模模糊糊地固定在我的头脑里，我肯定会开始爱她。会爱她的缺席。

Chapitre trente-neuf

40

Chapitre quarante

我不知道现在是几点了，也不知道现在是哪一天。麦莉丝站在门框处，涂了朱红色口红的双唇上绽放出灿烂的微笑，嘴唇因为一颗疱疹而略显丰盈。楼梯电梯井的计时器熄灭了。我示意她进来，她往前走了一步，然后立即站住了。

　　"我的天。"看到所有的照片，她低声说。

　　在单间公寓的白色墙壁上，一个陌生女人，或许是玛丽·博德纳夫，在海边完成她的艺术表演。麦莉丝看着年轻女子一边盯着我父亲的镜头，一边在湿漉漉的沙滩上奔跑的场景，没有任何反应。胶片里的女主角一点都不像她，我浑身颤抖地在想自己之前是不是受到幻觉左右。麦莉丝是窄额头，而玛丽的额头很宽。玛丽的肩膀浑圆，这也与麦莉丝消瘦的双肩形成对比。

"这是谁？"麦莉丝问。

"我不知道。"

电影结束了。只剩一大块方形的光亮停在墙上。麦莉丝一言不发，脱下鞋子，然后犹犹豫豫地穿过整个房间，她的脚踮起来，尽量避免全身的重量压在铺了满地的照片里的脸上。或者在试着避免踩到上面，就好像是她也害怕那些脸是锋利的，是玻璃做成的。她像一个表演平衡技巧的杂技演员一样走到床边，而我在床上也铺满了演员们的照片。麦莉丝移开伯纳蒂特·拉方特、玛丽－若泽·纳特、布丽吉特·佛西的照片。她转过身面对着我，请求我来到她身边。她向我恳求或者说是哀求。这是一股难以抵挡的力量。而我回避了她的进攻。我像是一个正在戒烟的人，我离开她已经六天了，感觉好些了，只是在偶尔的情况下思念才会发作——有时候是因为路上的香水味，有时候是和她差不多清澈的音色，听到这种声音的时候，我也是避免转身去看。我就快要戒掉麦莉丝了，而她却又踮起光着的脚，带着尖尖的嗓音回到这里来了。

Chapitre quarante

"现在是星期五晚上。"麦莉丝注视着我说。

"已经是晚上了？"我看着窗外说。

不知不觉间，整整一天已经过去了。

"星期五晚上。"麦莉丝重复说，就好像这些词对于我来说不同寻常一样。

"所以呢？"

"所以我在这里，周末的前夜，你懂吗？我是自由的，下周，我会在这里住下来。"

我叹了一口气。她把我拉到床上，之前占据着同一个枕头的弗朗索瓦·阿努尔和丹尼·卡雷尔的照片已经被拿掉了。我们做爱，就像作战一样。粗暴而且徒劳，我认为她会感到疼，她却没有叫痛，她的尖叫声听起来像是快活的尖叫声，混杂着呜咽声。而我，我没有发出呻吟的声音。或者是从很深的地方发出来的，像是岩洞深处压抑的哭声。我感觉麦莉丝要被捅破了，要被刺伤到快要死掉了，而她却乞求我再来。我突然推开她，让她立刻给我签一张纸。她同意了这个荒谬的主意，就像一个生病的孩子的心血来潮。

"签什么？"

"一封信，说你会来和我一起生活，还要写上日期。"

她笑了，但是眼神十分慌乱。她紧紧地抱住我，哀求我重新开始，与她做爱。而我们越是做爱，她就越是萎靡不振。我看着她很悲伤，为悲伤而感到悲伤。她哭了，请求我的原谅，发誓说她不会再让我单独待着，哪怕是一天，如果是为了让我在脑子里产生类似的想法。我什么都感觉不到了。我甚至没有打一个哆嗦，心脏也没有收紧。麦莉丝的优雅消失在旧日夜晚的回忆中，留下的只剩我们愤怒的躯体。我没有感受到任何快感，从她身体里退了出来。就在我脱离她的时候，我们之间坏掉的钟摆把她推向了我。

"我感觉不太舒服，"麦莉丝说，"我们出门吧。"

"去哪里？"

"我们去花居屿吃晚饭吧。"

"你饿了吗？"

"我想离开这里。"

已经是晚上十点钟了，几对来旅游的夫妇或情侣让餐厅里充满了异国情调的口音。我们本来可以在罗马或伦敦，在雅典或东京。和说着法语的麦莉丝坐在一起，我感觉远离了一切。她没怎么碰自己点的沙拉。我把自己的肉馅饼吃得一干二净，然后还要了一份甜腻的巧克力慕斯，就像广告中的一样，那个广告里还有农妇和搅奶油用的粗陶桶。

"你明白吗，星期五的晚上，我在这里？"麦莉丝坚持不懈地问。

我明白。她在这里，我却不在这里了。

她非常缓慢地喝着泡好了的茶，一小口一小口地喝，一边使时间膨胀，一边观察着我最细微的动作。之后我们出来沿着奥尔良河堤走着。在吉卜赛人的桥上，一个杂耍艺人把一支熊熊燃烧的火炬抛向天空，看起来就像是扔炸药一样。一场暴雨正在逼近。远处的闪电把夜空划出一道道伤痕，照亮我们没有血色的脸。我想到我的父亲，他正安稳地坐在上面的一块云上，对着路人们的身影——特别是女人的身影，按亮他那绝世的闪光灯。

麦莉丝说的话比平时要多。她紧紧地扣在句子上，因为我的沉默就像深渊一样会吞没她。我漫不经心地回应她。我想到了玛丽·博德纳夫，麦莉丝是不是让我中了毒，以至于我感觉《路遥67号》里面的年轻女子像极了她。我改变了太阳系，麦莉丝离我远了一些，我感到四面而来的寒冷，塞纳河在我们脚边闪闪发光，必须要好好地结束这一切了。我们离栏杆很近，我突然伸出了手。附近的一辆出租车停了下来，我们钻进车中。就这样，要不然我们就会像《祖与占》中的结尾那样跳入水中。

"开车吧，"我对司机说，"我给您指路。"

"我们去哪里？"麦莉丝用苍白的声音说。

"不去哪里。"

在圣保罗，我请司机开去孚日广场。然后我们绕去歌剧院的方向，一直开到浪漫小屋。

"这是一场朝圣。"麦莉丝惶惶不安地看着。

我没有回答说一场朝圣也是一场告别。计价器上面的数字一直在跳动。司机的唇齿间轻轻地吹着口哨。这场"各自逃命"的旅程将会花费高昂。

"您想看看夜间的巴黎吗？"这个家伙夹杂着英语对我说，"您应该立刻说出来，我就会为您精心安排环游地标建筑的旅游路线：埃菲尔铁塔、蒙马特高地……"

Chapitre quarante

这样也很完美。当我们到达圣米歇尔大街的时候，我让司机缓慢地开去圣安德烈艺术路。又开了一会儿，麦莉丝忽然坐直，她看见了坐落于卡带路上的隐修院酒店低调的牌子。

"你是带我来这里睡觉吗？"

"不是。"

司机清清喉咙。

"我们现在去哪里？"

"朝着戈布兰方向开。"

麦莉丝缩在角落里，眼睛闭起来。我感受到她靠着我的温度、她身上多少次抚慰我入眠的芳香。十分钟之后，我们到达了莱克朗兰－比塞特尔。出租车停在了她家的门口。

"我们到了。"我含混地说。

她惊愕地凝视着我。她家里的玻璃窗透着亮光。我说："有人在等你。"然后出租车朝着巴黎圣母院的方向重新开动了，计价器清零。在后视镜中，麦莉丝的身影变得很小很小。

41

Chapitre quarante et un

几个星期之后，我决定睡在圣路易岛那边的住所。在与麦莉丝一起度过最后一夜后，我没有再回到过比代路。从她的控制下解脱出来之后，我不再担心在那间屋子发现她的痕迹——她的香水味，或者永远都纠缠在一只黑色发夹上的头发。我从花卉码头那边经过，沿着卖鸟的关着门的店铺一路走到岛上。在这河流浸润的石头腹地，我感到安全。这是秋天还是春天？无论如何，这是生命中的一个开始、一个开端，空气温热，有一点太热了，就像在《丁丁与神秘的星星》中一样。

　　我刚刚与卡米耶度过一个愉快的夜晚。她带我去了蒙帕纳斯的一家电影院，观看伍迪·艾伦最新的喜剧电影。我跟着她，对新浪潮中黑白经典作品没有任何惋惜之情。影厅很大，坐满了人，充满着阵阵笑声。这对我来说是一个改变，之前封闭着艺术和考验的空间里播放着老电影，影厅里几乎空无一人。然后我们在德朗布尔路上的一家俄罗斯餐厅吃了晚饭。马洛索酸渍小黄瓜、鱼子酱和伏特加：我们都不会拒绝。卡米耶告诉我说她在佩里格的律师公会注册了。她有巴黎的客户群体，并向往着一种贴近自然的更为宁静的生活方式。我向她保证当她拥有一座配有主塔和吊桥的中世纪城堡的时候，我就会去拜访她。我们笑着碰杯。

"那你呢？"她问我，"你要去做什么？"

我向她陈述了自己雄心勃勃的计划。让莱昂·瓦勒斯贝尔感到如释重负的就是我终于打开了特鲁埃尔那个被判处死刑的年轻人的卷宗。毫不夸张地说，他母亲的话语让我感到全身的血液流动加速，我寻思着自己为什么过了这么长时间才会起反应。或者换句话说，我很清楚地知道自己对麦莉丝如饥似渴的热情麻痹了我的意识。在研究这个年轻男子案件的时候，伊奈丝·阿罗约的证词就像一枚回旋镖一样重新回到我这里：绞刑刑具带

Chapitre quarante et un

来的折磨，瞬间断裂的脊椎，永远垂下去的头颅。还有这位女士嘶哑的声音、红肿干枯的双眼，她的尊严。

当我说想要自己把案件提交给欧洲法院的时候，卡米耶表现得兴致盎然。

"你肯定能打赢这场官司。"她说，眼睛里充分流露出对我的信心。

我们喝完最后一杯伏特加之后彼此告别，把无限的未来留在我们之间，什么也不强迫，什么也不规定。我迈着轻松的步子离开，头脑里装满了修辞术和辩护词的碎片，我感到迫不及待、热血沸腾，在太久的沉寂之后渴望行动起来。我离开自己太久了。

在经过圣路易桥之后，我意识到有什么不同寻常的事情在岛上发生了。黑色的滚滚浓烟加重了夜色，烟雾冒出来的地方是在一条小路上，但我不知道是哪一条路。整个街区被警察包围起来。消防队的汽车和卡车发出急促的警报声，震动着马路上看热闹的人的耳膜，他们被一条安全绳隔离在外面。

我不得不返回，一直走到阿拉伯世界研究所。火焰爬得如此之高，甚至能投射在河对岸建筑物的玻璃墙上。我试着通过都尔奈勒桥接近父亲的公寓。

"您不能走得更近了。"在路口站岗的警察对我说。

"我去比代路。"我泰然自若地说。

"那就更不能去了。那边有一套住宅着火了。"

一阵寒战使我动弹不得。

"几号？"

"9号，四楼。邻居报了警。一场熊熊大火，相信我，"警察明确地说，"幸运的是在勒莫万主教附近就有消防队员的营房。这些老房子，都是木头做的，您想想火焰得烧得多旺啊。"

"那是我家！"我尖叫着说。

看上去那个人相信我，没让我出示任何证件。他把我推向停在奥尔良河堤附近的军用货车。

"您去见队长，那边远一点的地方，嘴唇上方长着大胡子的那个人。"

我急急忙忙地按照他所说的挤了过去。队长是一位健壮的男子，他听了我的故事之后让我跟着他。我快速套上一件黑色的防火服，把一顶头盔戴在头上并紧紧地固定住。

"我们用消防水枪控制了大火。"他一边说一边走，鞋子的后掌在人行道上咚咚作响。"今天晚上谁在您家里？"

"没有人。"我回答说。

我试着牢牢地攀住现实，然而我感觉到他在我父亲为特吕弗《华氏451度》布置的背景中航行。此时此刻，那些女演员们应该知道这是最后一次被笼罩在聚光灯下。我只能辨认出火焰的浅黄褐色、火焰在消防员的头盔上的铜色的反光、他们的卡车上红色的光亮、架在9号隔壁外墙上梯子上镀铬的光泽。在叫一名穿便服的男子之前，队长咳嗽了好半天。那是一名警察分局局长。

"这是四楼的那个先生。"消防员宣布。

"您家里没人吗？"警察又问了一次。

"是的，没有人。"

"您住在这里吗？"

"这是我父亲家。他去世了，我有时候会过来。"

那个男人看上去很烦躁。

"您确定今天晚上家里没有一个人吗？"

"确定。"

"还有谁有钥匙？"

"据我所知，我是唯一一个有钥匙的人。"

我其实对此一无所知。但是除了我以外，让·赫克特还会允许谁进入他的巢穴中呢？

"您跟我过来，"警察局长说，"我们在这里要窒息了。我们最好还是去咖啡馆里吧。"

我们在花居屿的露天咖啡座栖身。这不是我常常坐的位置——我父亲的位置。就是出于这个原因，我对这个地方和这里发生的事情感到不自在和陌生。

"有几名证人在火灾发生之前看到有一个人从您家里出来。"

"有一个人？"

"有一个年龄不确定的女人，可能六十岁左右吧，一头难以形容的红色头发，眼神令人不安。这个女人个子很高，好几个人都确认这一点了。因为她下楼梯的时候，撞倒了三楼的住户。似乎是用肩膀狠狠地撞了一下。她没有道歉。她朝着塞纳河的方向溜走了，再就没有人看到她了。"

我简直不相信自己的耳朵。一个高个子的女人，六十岁左右，一头乱发……我不敢大声说一个字。

"一个男人说她一直叫喊着'我的孩子，我的孩子！'"警察局长继续说下去，"毫无疑问，肯定是一个疯子，一个精神错乱的人，在发病的时候偷偷地放了火。"

他停顿了一下，然后问：

"您有什么贵重物品吗？"

"没有。"我含混不清地说。

他没有坚持问下去。在露天咖啡座，空气十分清新，天气也很好。我想着莱昂·瓦勒斯贝尔的朋友的放映机，它肯定与所有的照片一起被烧焦了，还有那些灯、一个个小袋子里的灰尘、我父亲的徕卡相机、雅顾影楼拍摄的肖像，还有陶瓷回光灯和它的双头灯芯，以及浸透着百花乐园的香气的床单、麦莉丝的那些发夹、她的涤纶睡衣。而我，我什么都没有留下。这是整部电影停止的时刻。我看过太多女明星的面容、特吕弗导演的太多的场景、《塞萨和罗萨丽》里面太多的镜头、太多的电影，

而他们讲的故事都与我的故事不相干。而且我憎恶
《路遥 67 号》里面的影像——在胶卷的最后，这名
陷入绝境的女子被关在疯人院里面铁栅栏围起来的
窗子后面。

　　警察对我伸出手。我平静地与他握了手，看上
去这让他不知所措。

　　"您希望我送您回去吗？"

　　"我更想走路回去。"

　　"您请便。"

　　我又坐了一会儿，深深地呼吸。空气中真的有
一种美妙的甜味。这种气息一直发散到玛丽桥上，
就好像是我父亲让自己的骨灰开始发出光芒一样。
我起身，迈出一大步，因为我急于去生活。

Chapitre quarante et un

电影索引

艾伦，伍迪　Allen, Woody / 1935—
　　《开罗紫玫瑰》*The Purple Rose of Cairo*，1985

安东尼奥尼，米开朗基罗　Antonioni, Michelangelo / 1912—2007
　　《奇遇》*L'Avventura*，1960
　　《夜》*La Notte*，1961
　　《蚀》*L'Eclisse*，1962

彼得，乌斯蒂诺夫　Peter, Ustinov / 1921—2004
　　《兰黛夫人》*Lady L*，1965

德米，雅克　Demy, Jacques / 1931—1990
　　《萝拉》*Lola*，1961

厄斯塔什，让　Eustache, Jean / 1938—1981
　　《母亲与娼妓》*La maman et la putain*，1973
　　《我的小情人》*Mes Petites Amoureuses*，1974

index

克莱芒，雷内　Clément, René / 1913—1996

《雨中的乘客》*Le Passager de la pluie*，1970

勒卢什，克洛德　Lelouch, Claude / 1937—

《一个男人和一个女人》*Un homme et une femme*，1966

雷诺阿，让　Renoir, Jean / 1894—1979

《游戏规则》*La Règle du jeu*，1939

马克，克里斯　Marker, Chris / 1921—2012

《是，古巴》*¡Cuba Sí!*，1961

马勒，路易　Malle, Louis / 1932—1995

《恋人们》*Les Amants*，1958

《通往绞刑架的电梯》*Ascenseur pour l'échafaud*，1958

梅尔维尔，让-皮埃尔　Melville, Jean-Pierre / 1917—1973

《费尔肖家的老大》*L'Aîné des Ferchaux*，1963

苏台，克洛德　Sautet, Claude / 1924—2000

《冒一切风险的阶级》*Classe Tous Risques*，1960

《生活琐事》*Les Choses de la vie*，1970

《马克斯与拾荒者》*Max et les Ferrailleurs*，1971

《塞萨和罗萨丽》*César et Rosalie*，1972

《三兄弟的中年危机》*Vincent, François, Paul...et les autres*，1974

《玛多》*Mado*，1976

湖 岸
Hu'an publications®

出版统筹 _ 唐 奂
产品策划 _ 景 雁
责任编辑 _ 叶 子
特约编辑 _ 刘 会 王 翡 屈 冰
营销编辑 _ 黄 丽
装帧设计 _ 陆宣其
插图绘制 _ 陆宣其
内文制作 _ 刘梦媛
责任印制 _ 刘玲玲

🐦 @huan404

🅰 湖岸 Huan

www.huan404.com

联系电话 _ 010-87923806

投稿邮箱 _ info@huan404.com

感谢您选择一本湖岸的书
欢迎关注"湖岸"微信公众号